拥抱一场江南雨

陈璐 著

浙江少年文学新星丛书·第五辑

海飞 主编

四川大学出版社

责任编辑:朱兰双
责任校对:周　颖
封面设计:天恒仁文化传播
责任印制:王　炜

图书在版编目(CIP)数据

拥抱一场江南雨 / 陈璐著. —成都：四川大学出
版社，2018.10
　（浙江少年文学新星丛书. 第五辑）
　ISBN 978−7−5690−2458−6

　Ⅰ.①拥… Ⅱ.①陈… Ⅲ.①中国文学−当代文学−
作品综合集　Ⅳ.①I217.2

中国版本图书馆 CIP 数据核字（2018）第 236796 号

书　名　**拥抱一场江南雨**

著　　者　陈　璐
出　　版　四川大学出版社
地　　址　成都市一环路南一段24号 (610065)
发　　行　四川大学出版社
书　　号　ISBN 978−7−5690−2458−6
印　　刷　三河市嵩川印刷有限公司
成品尺寸　145 mm×210 mm
印　　张　7
字　　数　138 千字
版　　次　2018 年 11 月第 1 版
印　　次　2020 年 10 月第 2 次印刷
定　　价　35.00 元

◆读者邮购本书，请与本社发行科联系。
　电话:(028)85408408/(028)85401670/
　(028)85408023　邮政编码:610065
◆本社图书如有印装质量问题，请
　寄回出版社调换。
◆网址:http://press.scu.edu.cn

$$[陈璐]$$

　　陈璐，杭州高级中学2016级学生，任学校团委委员、鲁迅文学社副社长，曾在国家级、省级刊物上发表作品十余篇，获浙江省"少年文学新星"的称号。

2016年以来主要获奖经历：
· 第二十四届中华圣陶杯作文大赛全国一等奖；
· 第十二届全国中学生作文大赛全国二等奖；
· 第十三届全国中学生作文大赛全国二等奖；
· 第十届浙江省少年文学之星征文赛一等奖；
· 第十一届浙江省少年文学之星征文赛一等奖；
· 第十二届浙江省少年文学之星征文赛一等奖；
· 第四届《中学生天地》杯作文大赛一等奖；
· 第五届《中学生天地》杯作文大赛一等奖；
· 第十九届语文报杯全国中学生作文大赛省一等奖；
· 第十二届全国中小学生创新作文大赛全国总决赛高中组三等奖；
· 第十三届杭州市中小学生"品味书香，诵读经典"读书征文活动高中组一等奖。

在第十二届全国中小学生创新作文大赛全国总决赛颁奖典礼上

参加杭州高级中学樱花文会

参加杭州高级中学团委志愿者服务队

和"红果果""绿泡泡"在日本

欢欢喜喜过大年

日常生活之好好学习

法国之行埃菲尔铁塔站

文澜中学毕业典礼

与恩师许涛合影

在杭州市教科所"引领阅读"活动录制现场

8

般若波羅蜜多心經

一家人在新昌大佛寺

在临海摘杨梅

在青海塔尔寺

幼儿园游园会上的涂鸦

在香港海洋公园

文武之道轉益
多師萬里同風

陳璐書

厚德載物

丙申冬日
陳滔書

许
涛

好一个"拥抱一场江南雨"！

有情趣、有情味、有情感，令人心生欢喜。

春雨邂逅江南，有一种宁静而不乏悠远的情趣；

女孩拥抱春雨，更有一番文艺而不失天真的情味。

江南美好如初，万物静默如谜，一切都定格为一种永恒。

这种永恒关乎乡愁，关乎校园，关乎亲情，关乎青春。

就像儿时的梦，令人久久不愿醒来。

璐者，尊贵、温润而博大者也。

陈璐是个很江南的女孩。看似小家碧玉，实则大家闺秀，时刻洋溢着江南才女特有的气质与才情。她深情守望着文学的麦田，就像深情拥抱江南的春雨一般。

因为热爱，所以卓越。身为少年文学新星的她，多次在全国、省级赛事中获得一等奖，文章更是频频见诸报端。有声有色有天下，不放不狂不少年。

一方水土养一方人。成长于钟灵毓秀的江南，求学于人杰地灵的杭高,皆是陈璐温润如玉最好的注脚。

然而,在陈璐身上,我读懂了何为互相成全。她为江南代言,更为杭高代言,在她身上,你能读出杭高人特有的人文情怀和杭高情结,能读出杭高人的善良、丰富、理性和高贵,还能读出杭高人的德才兼备、品学兼优、文理融通和知行合一。

文如其人,陈璐的文字也很江南。

她的文字有江南之韵,韵里还带着调;有江南之柔,柔中又带着刚;有江南之情,情中还带着理;有江南之俗,俗中又带着雅;有江南之雅,雅里还含着纯。

她执守梦想,只为不负初心;她望眼欲穿,只为春暖花开;她一往情深,坚信远方不远。她保持着追梦者的姿态,只为邂逅不一样的自己;她山花朗月,一往情深,只为比肩你的似海情深。

写作,目的很简单,只为"换一个时空相爱"。这时空里有真实、真诚、真情和真趣;这时空里,你可以倾尽全力地爱自己,爱他人,爱生活,爱身边的一草一木,书写一个你想要的世界。

陈璐的文字,就像一条记忆的小河在你我心田淌过,润泽着你我心灵深处最柔软的地方,唤醒我们找寻初心,找寻梦想,找寻青春,让我们得以回溯生命的源头,得以站在生命的枝头眺望那一份诗意、那一种悠远。

烟雨朦胧,丹青水墨,迷离朦胧,卷起一帘幽梦。

这一场江南雨啊,有着多少人心灵深处的桃花源。

那么，和陈璐一起拥抱一场江南雨吧！

如此深情，这般动人，格外美好，分外明亮。

是为序。

许涛 杭州高级中学副校长，共青团浙江省委学校部副部长。全国优秀教师，教育部优课评审专家，浙江省教坛新秀，浙江省十大优秀青年，全国语文授课大赛一等奖获得者。

认识陈璐不过一年半的时间，还是很为这个学生的写作能量折服的。

用了"能量"这个词，首先是因为这个孩子的阅读，在"指尖生活"挑动一切的年代，陈璐的阅读在同龄人中无疑是多元而且深刻的，汪国真、菲利普·托赫冬、顾城、木心、梁文道、白落梅、三毛……这些或轻逸，或理性，或诚恳，或执着的文字铸就了陈璐的作品的宽度。

其次是陈璐作品中内容的跨度，民谣、乡俗、故纸、游记、讲坛、报告。在课业繁重的学习中，还能如此仰观俯察，低回感慨，没有对写作的一腔执着不能道来。

"不近人情，举足皆是危机；不体物情，一生俱为泡影。"李叔同先生的这句箴言可以算是这位小小校友的一个座右铭，愿陈璐同学在写作的山花朗月中一路慢慢走。欣赏！

杭州高级中学语文老师　陈童

目录

菁菁校园

短篇小说

浓郁乡情

豆酥糖，家乡的味道

　　春天的"季"忆里，到处是泥土的芬芳，油菜花与向日葵淳朴的清香。春天的记忆里，嬉戏在石板小路上，凭栏仰望，望着远处风光旖旎的小湖，波光粼粼，入神中，咬下一口豆酥糖，萦绕在嘴里的，满是幸福的甜蜜，满是家乡的味道……

　　慈溪，我的故乡，位于东海之滨。一个与油菜花、向日葵一样，朴实中透露出独一无二，虽不惹人注意，却充满了情趣的地方。河姆渡遗址，充满神秘；栲栳山，景色宜人；鸣鹤古镇，古风犹存；虞氏旧宅，古色古香，令人叹为观止。一颗颗饱满的杨梅，一顶顶精美别致的草帽，都妙不可言。但是，唯有这三北特产——豆酥糖，留下了我童年的味道。

　　相传在光绪年间，在一个名叫"陆埠镇"的小镇上，有一家叫"乾丰"的南货茶食店。豆酥糖就是由茶食店里的一位人称殷师傅的宁波师傅试制成功的。配料考究，作工精细，香甜可口，回味无穷。一时名噪浙东，声誉鹊起，方圆数百里慕名争购者，络绎不绝。

　　小时候，外婆常常牵着我的手，走过记忆悠长的石板小路，绕过风光旖旎的清澈小湖，到林婶家的店里一起帮忙做豆酥糖，渐渐地，这也成了生活中必不可少的一部分。她们一边说笑着，一边将黄豆粉、熟面粉与糖粉混合搅拌，再一丝不苟地过筛。接着，大家将饴糖、油下锅熬制，时间也一点一点地流逝。到了时候，外婆将熬好的饴糖（老糖）取出放在传热的容器内，炖在热水里，保持温度。一缕缕白色的热气缥缈升起。然后，婶婶们将黄豆、熟面粉和糖粉混合成的粉用锅炒热，锅铲来回翻动，动作是那般娴熟，使我眼花缭乱，叹为观止。炒好后，取出一点撒在案板上，再放上老糖与热粉，用擀面杖把它们融为一体，变成方形。重复几次，把它切成小块，就大功告成了。婶婶们把自己做的盛在瓷碗里，送给我吃。我毫不客气地一一品尝。每一块豆酥糖都无比香甜，异常美味。在这豆酥糖里，包含了她们的慈祥，她们对家乡的情感。故乡豆酥糖的香甜味每次都弥漫在整间屋子，舞蹈在我的舌尖，温暖在我的心田。所以，林婶家的茶食店生意也异常红火，特别是豆酥糖，备受欢迎。

现在，我长大了，离开了故乡，来到了风景宜人的杭州。外出游玩时，我几乎走遍了省内所有的古镇，走遍了省内所有卖豆酥糖的地方，却没有找到跟故乡的一样好吃的豆酥糖。因为我知道，那些豆酥糖里，没有幸福的味道，没有童年的气息，更没有故乡的温暖……

站在自家窗前，望着周围的摩天大楼，想着童年时林婶的茶食店，想着她们亲手做的豆酥糖，怅然若失。

　　豆酥糖，是我的故乡——三北慈溪的特产，是慈溪的民俗文化，是独一无二的，自古至今一直畅销不衰。它历史悠久，闻名遐迩，素有"胜似三北藕丝糖"的美称。人们习惯选它作为走亲访友的礼品，特别在新春佳节时，它备受人们青睐。

　　虽然大家的故乡并不是慈溪，但是，如果你想找到幸福的甜蜜，与甜蜜的快乐，那就请来我的家乡，亲口尝尝这充满幸福与温暖的豆酥糖吧。

故乡的花

　　　　我的童年，充满欢声笑语，
　　　　同时，也充满花的芳香。
　　　　那片伴我度过三个春秋的花田……

　　　　　　　　　　　　　　　　——题记

　　一片含苞待放的油菜花，随着春天的来到，悄悄地，开花了。

　　一闻到春风吹来的花香，我立刻放下手中的玩具，飞似的，向油菜田奔去。尽管我已气喘吁吁，但我仍迫不及待地向前望：一片淡雅的黄花映入眼帘，恰似一片花海，迷人的花海。一朵朵小花，聚集在一块儿，变成了一簇簇花团，夺人眼球。

我爱油菜花，但我最爱的是葵花。每年的夏末秋初，葵花都会露出笑脸迎接我。而我，则总是第一个跑到葵花田边，贪婪地呼吸着花香，贪婪地欣赏这质朴无华、朝气蓬勃的"小太阳"。长而尖的花瓣，重重叠叠，繁多又迷人。朴素的花朵下，是同样朴素的绿叶，但绿叶点缀着花朵，给人别有生趣的一面，使我沉醉其中。

我，深深地爱着这片葵花田。除了每天来这儿读书外，我还常常来这里画画。

记得那年初秋的一天，凉风习习，我背着小画夹，拿着椅子，步伐轻快地走到了葵花田边。放下小竹椅，我拿起画笔，在纸上一丝不苟地画起来。慢慢地，画纸渐渐堆积起来，葵花的正面、侧面、反面，我统统画了下来。先是准确地描框，再涂上颜色，最后还要画背景，一张画就已经花费很多时间了，更何况六幅画呢？本来说好下午要练毛笔字的，时间一分一秒流逝，我却浑然不觉。舅妈在家等了我好几十分钟，见我还不回来，便气势汹汹地跑来找我。"咦？那里怎么有个人？这个镜头不错，我要把她画下来！"我心里暗喜。还没来得及上色，就见到舅妈气冲冲地向我走来："怎么回事？怎么跑到这里来了？是谁早上信誓旦旦地跟我说今天要练25个毛笔字的？走，回家去！"说完，便把我拉回了家。舅妈健步如飞，我完全是被"拖"回去的。

后知后觉的我，几天后才明白，原来画上的那个人就是舅妈啊！

葵花田，我成长的地方。

油菜地，我记着你的美。

尽管现在，你们都已消失，不留痕迹，但，你们，在我的心里。

还有，那幅《舅妈与葵花田》，我也会永久保存……

（写于2011年11月）

拥抱一场江南雨

> 江南多晴日，但烙在心头的，却是江南的蒙蒙烟雨。
>
> ——汪国真《江南雨》

江南雨，吾一生铭记，一生感恩，一生相随，一生拥抱。

也许是因缘际会吧，难以察觉的角落，却在不经意的一瞥中牢牢捕捉。它扉页上醒目的字："外婆，好想你抱抱我。"它是法国作家菲利普·托赫冬的《外婆，外婆》。

不由想起同样身在江南的你，距离并不遥远却也鲜少团聚；不由忆起那些往事，感恩之情，难以言喻。毫无疑问，在我心中，你温柔、严苛、慈爱，就像是那场江南雨，让我一生感恩，一生铭记。

还记得儿时与你相伴的每一个夏天，酷暑难耐，蝉鸣聒噪，难以入眠，你便会摇起那把散发着清香的大蒲扇，哼起那首古老动听的歌："天黑黑，欲落雨，阿公举锄头欲掘芋。掘啊掘啊，掘着一尾旋溜鲐……"如此轻柔。一阵阵凉风拂过，蝉鸣声似乎不再令我感到烦躁，嘴边仍然挂着微笑，做一个充满欢声笑语的美梦。江南雨那么轻柔，让我的心得以宁静。

还记得离开故乡，与你分离之后，每一次成功的喜悦都会与你分享，每一次挫折的苦痛都会向你倾诉。你总是静静地听着，在我忍不住流露出心中的小骄傲时，严厉地告诫我自满必会失败，在我哭诉着坎坷想要得到你的安慰时，严肃地教育我不能失去信心，不能自我放弃。江南雨如此清冷，却让我始终认清前路，从不迷失方向。

还记得每次回到家乡，你都会亲手捧出那儿时味道的——豆酥糖。我仿佛能够看到你起早贪黑，买食材，搭炉灶。新鲜的粽叶裹着香软的糯米，豆酥糖还冒着热气，散发着令人垂涎的香。江南雨这般温暖，让我感受那最浓的爱。

《外婆，外婆》中，菲利普感谢外婆让他爱上了那场雨，如同绿色牧场的绿色的雨，他说外婆的雨滋润着梦想，坚忍顽强，就是希望。我也感恩啊，江南雨的轻柔、清冷，让我温暖如春。

　　看到你日益佝偻的身姿，我想在每一个炎热的仲夏回到你的身边，将那把依旧被你珍藏完好的蒲扇握在自己手中，轻轻摇动，为你驱走烦躁的闷热；哼唱起那首你和我都耳熟能详、百听不厌的歌，盖过那阵阵蝉鸣声，让你得到难得的宁静，安心入睡。我相信，你会觉得欣慰。

　　看到你渐渐消瘦的背影，每日操持家务，不辞辛劳，无比憔悴，我要态度强硬地让你停下手中的忙碌，在每个阳光明媚的午后，在门口那把老藤椅上，好好做一个美梦。我相信，你会觉得幸福。

　　看到你日渐蹒跚的脚步，不再能够如往常一样健步如飞，走街串巷，只为买黄豆粉和新鲜的粽叶，我要放弃对于豆酥糖和红豆粽的念念不忘，让你不要再为此四处奔忙，不要再为了我而强忍疲惫，坚持着完成每一项烦琐的工序。我要自己去尝试，亲手为你做你最爱吃的绿豆糕，虽然无比生疏，手忙脚乱，但我要把对你的爱与感恩都倾注于此。我相信，你一定会喜欢。

　　记得有首歌这么唱："我的小时候，吵闹任性的时候，我的外婆，总会唱歌哄我。夏天的午后，外婆的歌安慰我。那首歌好像这样唱的'天黑黑，欲落雨，天黑黑，黑黑……'"优美的旋律，深深地触动了我。

　　我知道，这场江南雨总有一天会停歇下来，离我而去。但我会用自己的方式去拥抱你，去抱紧你每一点每一滴的爱，并在这拥抱中，将我的爱与感激，传递给你。我相信，你会感受到。

吾一生最叹，便是江南丝雨，点点滴滴，清冷细腻。
吾一生最爱，便是故乡外婆，严苛慈爱，温暖如春。
江南雨，吾一生铭记，一生感恩，一生相随，一生拥抱。

乡村初夏

　　清晨，在那乡间的小木屋前，凭栏仰望，蔚蓝色的天空，一尘不染，只有几朵洁白的云，不安分地浮动。贪婪地呼吸着这净土上的每一点清新。阳光，急不可耐地透视云朵，强劲喷射出的，是那一道道金光闪闪的曼妙线条。沾满露水的藤蔓，知了扇动着翅膀，发出一阵清晰的噪声，匆匆地在半空中滑过几道优美的波浪，最终，悄无声息地，落在藤蔓上，停在了这舒适的驿站。"一日之计在于晨"，远处的田野里，农夫们的身影依稀可见，他们一大早就已经忙得不亦乐乎。

　　宁静的午后，我懒洋洋地倚在窗口，凝望这美好的景色。阳光变得强烈，照射在窗口，暖洋洋的，我自得其乐，独享这千载难逢的惬意时光。弹指间，院里的那棵绿树，已经换上了新装。粗壮的枝干上，并没有岁月斑驳的痕迹。虽没有那清脆的蝉鸣，但仍别有一番风味。远处的湖水泛起层层金色的涟漪，风光旖旎。得知远在他乡的你正坐在冷饮店，吹着冷气，吃着晶莹可口的冰激凌。我笑着说，我正呼吸着洒满阳光的气息，在这小乡村享受舒适的生活。

恍惚间，美丽的黄昏悄然来到。初夏的黄昏，是那么的独特。深橙色的光芒，填充着傍晚的天空。一抹胭脂般的红，在那远处的，慢慢下落的太阳身旁。远处的麦田里，农夫们收拾好工具，踏上了归程，脸上洋溢着丰收的喜悦。麦田守望者孤零零地立在麦田中央，夕阳轻轻洒在它的身上，格外腼腆。一只调皮的小麻雀飞到它的肩上，叽叽喳喳地叫，似乎初夏的舒适也给它带来了前所未有的快乐。

夜晚如期而至。我拿着外婆的大蒲扇，在村子里逍遥自在地"闲逛"，树丛中，虫鸣声此起彼伏。星空依然璀璨。远处的人家，传来孩子响亮的读书声。劳累了一天的村民们搬了椅子，拿着大蒲扇，到村头谈天说地，议论着今年庄稼的收成。初夏，来到了。春已逝，夜已深，睡意蒙眬，回到小木屋，沉沉睡去，梦见小时候的夏天，外婆慈爱地摇着大蒲扇，轻声哄我入睡。

（写于2012年7月）

您是我的一本书

您是我的一本书，
您是我的骄傲。

——题记

书桌上，那本旧《辞海》依旧占据着一个角落。略微残破的外表，渐渐泛黄的书页，仍然存留的墨香。

记忆中这是您在我六岁生日时送给我的礼物——对于当时满口家乡方言，还没认识几个字的我来说，这是一块如天书一般遥不可及又奇特未知的"纸砖头"。记忆中，那时的我百般不情愿地放下手里的图画书怔怔地盯着这从未见过的"庞然大物"，随手胡乱地翻折，纸张的撕裂声突兀清脆。记忆中，您霎时黑了脸（以前从没见您这样过），从我无知的"魔爪"中抢救回它，细细抚平每一个褶皱。记忆中，您总跟我回忆起这件事，您说那时间确实不合适，也一边后悔没教我多认些字，说那时隔壁比我小半年多的小孩都会背《三字经》《弟子规》了，而我还只能张口道"春眠不觉晓"。记忆中，您总是那么严苛，那么不甘示弱，却又那么令我骄傲的神通广大。

　　如果说一个人只能铭记一种声音，那么对于我来说，这声音便是您的琴声。几乎童年的每一个午后，都有您坐在竹椅上，拉动琴弓潇洒自如的身影，阳光正好，二胡悠扬，那时您就告诉我，唯有不舍，唯有坚定，唯有功夫深，方能成就自我。

　　也记得您爱给我讲故事，各种奇妙而生动的民间传说，或者那本破旧的《格林童话》。记忆里，那昏黄灯光下，您戴着老花镜，专心地讲，我坐在一旁，全神贯注地听，虽然似懂非懂，但那几百个故事，却充斥我的童年记忆。

　　也记得那时我已回了杭州，同学家的书桌上摆着一块小黑板，她指着它骄傲地对我说："这是我爷爷给我做的！"羡慕的感觉油然而生，内心也好想拥有这样的黑板。那天下午的电话里，我用满是羡慕的语气跟您提起上午的经历，您却急匆匆地挂断了电话，我很失望。却没料到，几天后的快递包裹里，装着您亲手做的两块小黑板，您考虑得那么周到，还给小黑板镶了边，可以放粉笔，每一个边角都做得那么精致，令我爱不释手。虽然后来我有很多玩具，但那两块黑板我一直保存着，舍不得丢弃。

　　小时候我眼里的您就像孙悟空，似乎能飞檐走壁，七十二变，样样事情都难不倒您。现在，您仍是我的骄傲，我总对同学说，我外公会养花种菜，能造房子修车，木工活、铁匠活、电工活无所不能；我外公读过很多书，了解军事、政治、地理、历史知识；能够演奏很多乐器，会吹口哨；可以一个人烧好多桌色香味俱全的菜肴。您就像黑骑士一般神奇，就如一本拥有无数色彩与传奇的书。

那本《辞海》最后您还是给了我，在我小学毕业的那一天。现在很少有机会回去看您，但每看到它都会想起您。残破的外表，泛黄的书页，却有一处处您用胶带细心修补的痕迹。

记忆中您就如同《辞海》一般的存在，您的故事甚至比它还富有传奇。您就是那本神奇而无与伦比的书，拥有无数美好的故事——您把这些故事，这本书，深深烙在我的心里。

您是我的一本书。

您是我的骄傲。

您是我所拥有的独一无二的无所不能的外公。

一本书·童年回忆·爱的感悟

有没有这样一句话，顷刻间，使你泪流满面。

只记得，那一天，记忆如潮水般涌现，弹指间，泪水模糊双眼。

——题记

　　还记得，那个午后，闲暇之余翻开那本书，那句话毫无预兆地闯进我的视线，刺痛我的心。往事重提，泪水决堤。

　　"生命太渺小，幸福却太触手可及，但是没有谁能够去好好珍惜。"

　　时光逆转，我在望不见尽头的时光隧道中，不断退后。时间，指向那个充满欢声笑语的村庄，指向我快乐的童年。跟你们说个故事吧，你们慢慢听我道来。

　　记忆中，我一大半的童年时光都在外婆家度过，欢歌笑语，自由自在，无忧无虑。陪我度过这美好时光的，除了外公外婆、小伙伴，还有我的太外婆。还记得，每天清晨，我都会跑到她的房间，吵嚷着让她陪我玩；还记得，每天午后，我都拉着她在大门外晒太阳；还记得，每天傍晚，她粗糙苍老的大手牵着我的手，走到田间，望着远处西下的夕阳，落日的余晖把我们的影子拉得很长很长；还记得，当时不懂事的我，总爱跑在前头，回过头大声朝她喊："太外婆你好慢！"她总是对我笑笑，吃力地追上我，一如既往。

　　直到那一天，临近暮春，田野里的向日葵正准备怒放。我走进她的房间，空无一人，没有她慈祥的笑脸，轻柔的呼唤。冰冷的空间冲击着我的视线，我莫名地恐慌、焦急。我努力克制住自己的思绪，"太外婆不会有事的。"我在心中安慰着自己。但事与愿违，犹如晴天霹雳，一瞬间我愣在原地，无法接受。

　　那一天，太外婆真正地离开了我。没有了太外婆的陪伴，每天，我一个人玩耍，一个人散步，一个人晒太阳，一个人看落日余晖。

每当我跑在青石板路上，我习惯性地向后大声喊"太外婆你好慢！"这时，才想起，你已经不能陪我，由我任性了。

我知道，当时你老了，跑几步就会感到累；我知道，你赶上我有多吃力；我知道，那是因为你爱我；我更知道，当时的我，很任性，很幸福。

"生命太渺小，幸福却太触手可及，但是没有谁能够去好好珍惜。"

我明白，我没有把握住，那曾经触手可及的幸福。

合上书，脑海中尽是你令我温暖无比的笑脸，刹那间，泪水模糊双眼。

我的童年，太外婆牵着我的手，陪我蹒跚走过。

我的青春，让我懂得，让我明白，让我感悟爱。

有这样一本书、一句话，顷刻间，使我泪水模糊双眼。

感谢刘同，感谢《谁的青春不迷茫》。

是它，让我勇敢回想起我一直不愿提起的童年时光，让我有了这痛彻心扉的爱的感悟。

那个午后，一本书，一段回忆，一个痛彻心扉的感悟！

琴声依旧，爱依旧

　　浩瀚无边的岁月宇宙里，一望无尽的记忆长河里，二胡声悠扬。唯有那个声音，牵动我的心。余忆童稚时，琴声依旧，爱依旧。

——题记

　　时光，呈放射性的，在容纳越来越多的事物。在时间所投射的阴影里，一切不再清晰。再回首，唯有那个声音，悠扬动听，仿佛岁月宇宙中的一场流星，在平淡的记忆里，演绎那转瞬即逝，却永不湮灭的美丽，永驻在我的心里。

　　余忆童稚时，嬉于田间，无忧无虑，甚是自在，甚是欢喜。记忆里，我在外婆家长大，回想自己的童年，满是那小小乡村的淳朴气息。记忆里，太外婆经常陪着我，看着我在田边尽情奔跑，脸上挂着专属于她的慈祥的笑。记忆里，外公是一个很严肃的人，太外婆在世的时候，我几乎不跟外公讲话。因为外公工作很忙，还因为我有点害怕平日里不苟言笑的他。直到那年暮春，太外婆带着她慈祥的笑，离开了我们。

太外婆走了，家里少了往日里的欢歌笑语。没有太外婆的陪伴，我感到很孤独。还记得，就在那年夏天，外公像往常一样下班回家，换下工作服，从阁楼上拿下一把乐器。我好奇地盯着外公手中的乐器，在岁月的打磨下，它略显破旧，琴弓略显粗劣，琴身有些斑驳，我却仍能强烈而清晰地感受到它的灵气与神韵。外公伸出他饱经风霜的手，轻轻拂去那同样刻画着岁月痕迹的琴身上无比细小的尘埃，他的眼睛里，闪烁着珍惜与喜爱的光。外公拿起琴弓，空气中划过一道优雅的弧线。随之响起的，是一阵乐声，粗糙却动听，散发着它未经修饰的自然气息，牵动人心。优美的旋律回荡在堂间，它时而优美连绵，时而轻快跳跃；时而低沉粗犷，时而清亮细腻；时而短促，时而悠扬。这琴声是那么真实，令人身临其境。仿佛身处山间，空山渺渺，高山幽寂，灵雨潇潇，淅淅沥沥。仿佛伫立湖畔，杨柳依依，烟雨霏霏，波光粼粼。高山流水，飞流瀑布，绿水青山，生机勃勃。一幅幅生机盎然的剪影，一幕幕美不胜收的场景，在我的眼前，匆匆掠过，应接不暇。一个完美的颤音，曲终，那优美的余音，还在空气中萦绕，在耳畔间回响。我深深沉浸其中，沉浸在类似乌托邦的美好世界里。外公似乎也很开心，拿起身旁的旱烟袋美美地吸了一口。

从那天起，外公每天都会很早回家，拉琴给我听。我也渐渐习惯，每天午后，坐在家门口，等外公回家，笑眯眯地叫我一声"小毛孩"，拿起他最心爱的琴，坐在我的身边，他如痴如醉地演奏，我如痴如醉地倾听。我们沉浸在各自的世界里，听着同一支曲，幻想着同样美好的事情。外公琴技日益精湛，他几乎每天都能换一首曲子演奏给我听，但我知道，即使他每天拉同一首曲子，我也听不腻。午后的阳光洒在外公的琴上，闪耀着温暖的微光，就像那乐声，宁静、轻柔而美好。

后来外公告诉我这把琴叫作二胡，是中国传统的民间乐器。外公的二胡是他自己做的，他年轻时很喜欢拉二胡，但没有钱买，就凭着与生俱来的心灵手巧，做了一把二胡，直到现在也舍不得丢掉。他说这把二胡跟了他大半辈子，就像他的孩子一样。外公还跟我说，要继承中国的民间乐器，要传承中华民族博大精深的民间文化。后来，我长大了，离开了外公。从那以后，我听过很多二胡演奏。无论是街边的卖艺人，还是名扬四海的演奏家，我都没有从他们的乐声中，听出外公的二胡声里，那最真实、最纯粹的味道。外公拉了大半辈子的二胡，二胡是他一生里最重要的东西，他把他毕生的感情，都倾注在了他的二胡里。他把他一生的沧桑，经过一生的磨砺而得出的感悟，都融合其中，才能奏出如此扣人心弦的乐曲。

长大后，我没有选择二胡，而选择抱起琵琶，说实话我也有些后悔，因为我很想像外公一样，用自己的心，演奏出最动人的二胡声音。但外公告诉我，只要努力，琵琶照样能演绎出动人的篇章。不得不承认，我不是一个善于坚持的人，我没有外公锲而不舍的韧性，也没有外公直面挫折的勇气。但每当现实给我沉重一击，情绪低落地放下琵琶，"放弃"这两个字在我懦弱的心中徘徊时，外公那高山流水般的琴声，那娴熟潇洒的动作，那高超精湛的琴技，那语重心长的谆谆教导，都会在我脑中浮现，给予我莫大的鼓励与力量，让我有勇气再次抱起琵琶，拨动琴弦使旋律流泻。因为外公，我懂得了坚持，懂得了锲而不舍，懂得了直面挫折。因为外公，我真正告别了曾经那个畏惧困难的自己。因为外公，我学会了坚强，学会了勇敢面对一切，自己克服困难，学会了做每件事都倾注所有的力量，懂得了凡事都要坚持到底，永不言弃。带着外公的教诲，我一路跌跌撞撞，但无比坚定，我有自己坚定不移的信念，有自己始终不变的目标，更有面对一切的勇气与坚强。因为这些，我实现了许多梦想。

我相信，我坚信，这些力量，能伴随我，在成长的道路上，在人生的旅程中，勇往直前，直到尽头。

转眼，已经快十年了，外公老了，但我知道，他的琴声依旧，爱依旧。

还记得，外公告诉我，唯有倾注自己的所有，倾尽自己的全力，倾注自己一切的情感，方可演奏出最动人、最牵动人心的声音。

万物变迁，世间四季循环。思绪终被回忆填满，薄雾弥漫的回忆中，响起那熟悉而悠扬动听的旋律，如同黑暗里闪过的一丝温暖微光，隐隐约约中，不知不觉里，牵动我的心。

琴声悠扬，思绪飞扬，琴声依旧，爱依旧！

诗意情怀

青春

邂逅，
繁花似锦的青春。
仿佛蔚蓝色的天空，
云彩腼腆地浮动。
绚丽曼妙的星空，
繁星沉默地闪烁。
微风拂来，
带来远方的，
空气中的温柔。
这是青春，
最美的拥有。

戴着沉重的耳机，
摇头晃脑地听着轻松的歌。
骑着昂贵的单车，
身轻如燕地飞奔，
却掩饰不了心中的寂寞。
古老的教学楼，

那个三楼的角落，
摊开的教科书，
一连串深奥的符号与文字，
不懂与懂的，
波浪般地涌来。

耳机里的一首歌，
不停地循环播放着，
直到那一天，
音乐，
突然停了，
天空变得朦胧。
繁华谢了，
一切，
就在顷刻间，
烟消云散，
无影，
也无踪。

音乐，停了，
青春，离场
……

伶人梦

水秀舞芳华，
梨园唱落花。
云烟终去尽，
只影梦天涯。

望眼欲穿，春暖花开
——纪念海子逝世25周年

你说过，
从那天起，你要做一个幸福的人，
喂马，劈柴，周游世界，
关心粮食和蔬菜。
你说过，
你要和每个亲人通信，
告诉他们，你的幸福，
告诉每一个人，

那幸福的闪电，
所告诉你的。

你说过，
你要给每一条河，
每一座山，
取一个温暖的名字。
你要为每一个陌生人祝福，
愿他们有一个灿烂的前程，
愿他们有情人终成眷属，在尘世获得幸福。
但你又说，
你只愿面朝大海，春暖花开。

还记得第一次认识你，
是在文学老师的PPT里，
微长而卷曲的头发，
下颚的胡须不修边幅地修饰着你的脸，
大方框眼镜，浓浓的眉毛，
还有你灿烂却不夸张的笑，
没有一丝忧郁与绝望。

第二次了解你，
是在百度百科里，
我知道你叫查海生，

笔名海子，
年轻有为考入北京大学，
一九八九那个春暖花开的季节，
在山海关曲折漫长的轨道上，
平静地结束了自己的生命。
时间，就此定格。

第三次熟悉你，
是在一本书里，
只属于你的书
——《海子的诗》，
蔚蓝色的封面，
是你内心深处的大海的颜色，
简单素洁的扉页，
折射出你朴实平淡的人生。
那是第一次读你的诗，
你的《面朝大海，春暖花开》。

后来，
你住进了我的心里，
在我的脑海我的记忆里，
挥之不去，
无法忘记。
每年春暖花开的季节，

都能在街角的咖啡店的小黑板上，
看见你面朝大海幸福的模样，
永远不能淡忘。

有些人说你神经，
在血气方刚时放弃自己的人生，
有人不理解你，
认为你写的诗标新立异。
或许只是因为，
他们并不了解你。

你的内心世界疯狂而强大，
向往着一切美好的事物，
你把自己所想的，
用简单潦草的字，
组成一首耐人寻味的歌。
时而豪迈奔放，
时而细腻清亮。

你与你的瘦哥哥，
透过时空沉重的隔阂对话，
你写《秋天的祖国》，
与《北斗·七星 七座村庄》。
你把你的内心最柔美的歌，

献给萍水相逢的额济姑娘。

只是那天你走了，
留下千百首你内心深处的歌，
它们兀自在春风里，
飞向四面八方。
它们逐渐被世人传诵，
只是，你走了，
再也不会回来。

也曾想过，
如果你还在这个世界上，
会变成什么模样。
是否会被金钱利益所蒙蔽，
磨去了桀骜，
开一场又一场签售会，
放弃自己的记忆里，
那个淳朴而天真的梦想。

你追求着你所向往的，
即使是死亡。
不知在你所向往的天堂，
你可安好？

你是一首永远写不完的诗，
一首永远唱不完的歌。
你是纯粹的，不带一丝瑕疵与尘土，
你是阳光下闪烁的微光，
你是深邃迷人的大海，
你永远是我心中最喜欢的诗人。

望眼欲穿，
春暖花开，
在微光里，
我又看见你灿烂的笑，
面朝大海一脸幸福的模样。

快乐

快乐，
外婆说是看着我们茁壮成长时那种欣慰交加的
感觉；
快乐，
妈妈说它是回到家乡，看望父母追忆童年时的
情绪；

快乐，
姐姐说是考上自己梦想的学校报答父母、老师
时的感受；
快乐，
年幼的妹妹天真地说那是拥有那五彩缤纷的气
球和糖果，
还有那只可爱的巨型毛绒熊。
快乐，
我说，生活的点点滴滴都蕴藏着它。

快乐，
也许是偶然致富的机遇，
也许
是安逸平静的生活。

快乐，
在积极上进的人眼里，
是不懈努力后的成功。
快乐，
是懒惰的人眼中，
仅有的暂时的美好光阴。

快乐是开心，不是惆怅与悲伤；
快乐是微笑，没有愁眉苦脸，泪流满面。

快乐，

其实很简单，

有时，

它就隐匿在你身边，

等待你追寻，发现……

（写于2012年6月）

易安

寻寻觅觅，冷冷清清，凄凄惨惨戚戚……

知否，知否，应是绿肥红瘦……

此情无计可消除，才下眉头，却上心头……

至今，思项羽，不肯过江东……

那，是一种凄美，

一种与众不同的气质，

《声声慢》，

是她个人的传奇，

空前绝后，

从此，她被当作了愁的化身。

纵观中国三千年，
深远的古代文学史，
博大精深的文化中，
也只有她，
特立独行、登峰造极。

没错，
她，
就是集凄美、忧愁于一身的，
宋代著名女词人——李清照。

《一剪梅》，
红藕香残玉簟秋的凄美，
轻解罗裳，独上兰舟的孤独寂寞，
一种相思，两种闲愁，
云中谁寄锦书来的思之愈切，离别愁绪。

《夏日绝句》，
生当作人杰，死亦为鬼雄，
对项羽的深深赞赏，
至今思项羽，不肯过江东。
是她，对项羽发自内心的敬佩。
乌江镇的浩浩江水面前，

她，吟出了这首千古绝唱。

她，
历经乱世之灾，国破家亡，
她，
身心颠沛流离，无家可归。

她，
历经辉煌，
也饱受磨难，
她，
就是乱世中的美神——李清照。

小时候

小时候，
喜欢站在田间，
迎着西下夕阳，
痴痴地，
望着不远处的稻草人，
与它对视，

仿佛，
自己也是一个麦田守望者。

小时候，
喜欢在葵花田里，
伴着徐徐微风，
缄默着，
闻着它淳朴淡雅的清香，
落日的余晖，
把我的影子，
无限拉长。

小时候，
喜欢那条青石板路，
凝视远处袅袅炊烟，
蹦跳着，
漫步在快乐的音符上，
身影，
渐行渐远。

小时候，
喜欢吃豆酥糖，
随着傍晚的习习凉风，
甜甜地，

吃着外婆亲手做的豆酥糖，
空气中，
充盈着爱的温暖，
与家乡的味道。

小时候，
我由外婆在慈溪带大，
在我的记忆里，
那是一个，
淳朴、美丽的，
充满爱的地方。

追忆童年，
回忆起许多，许多，
使用笔尖，
拾起这被我淡忘的曾经。

谨以这首诗，
赞颂我的故乡，
纪念，
那回不去的，
小时候……

（写于2012年6月）

无题

有人会认为，
这是一首散乱的诗。
但，
这首诗，
是我的思绪，
万千……

——题记

我喜欢写诗，
我喜欢写散文，
一篇又一篇，
在我的笔下诞生。

诗，
是抒发情感的方式。
散文，
它的美深深地吸引着我。
不经意间，

握着笔的我，
又写下了那样的文章。

鲁迅先生曾写道，
我家的后院里有两棵树，
一棵是枣树，
另一棵也是枣树。
而海子，也写过，
我把石头还给石头，
让胜利的胜利，
今夜青稞只属于她自己，
一切都在生长。

无论是海子的《日记》，
还是鲁迅先生的《枣树》，
读的那一刻，
我有深深的感受。

从那时起，
我对散文和诗，
有了新的见解。

因为，
海子的诗，

仿佛用一个个汉字，
编成一首优美的歌，
熏陶着我。

而鲁迅先生的散文，
独特的优美，
与众不同的味道，
吸引着我的眼球。
……

（写于2012年7月）

最美是西湖

——贺西湖申遗成功

那一刻，承载多少民众的期待与欢乐。
那一刻，激动的泪水涌上心头……

——题记

清空我大脑中的杂念，
删除我耳中的谣言。
一身轻松地，
来到西湖边。

第一次发现，
西湖，原来是那样的美。

春天的微风，
柔和舒适，
拂过湖面，
泛起一阵细微的波纹，
漾出了春天的美丽。

夏日的骄阳，
火烧火燎，
照耀湖面，
穿上一件闪耀的金衣，
显出了夏季的热情。

秋天的月亮，
皎洁明亮，
倒映水中，
戴上一枚精致的首饰，
衬出了秋天的柔和。

冬日的雪花，
纷纷扬扬，
落入湖中，

披上一件素裹的银装，

现出了冬季的优雅。

西湖，

无论什么时间，无论什么季节，

都有一道美丽的风光。

娇艳的桃花，

出淤泥而不染的荷花，

素雅的菊花，

顽强的蜡梅，

衬托着每一个季节，

点缀着迷人的西湖……

最美是西湖！

（写于2011年6月）

风之语

风，轻拂万物容颜。

刹那间，吹灭忧伤梦魇。

——题记

风，来自远方，缥缈，无味。
轻轻经过万物身旁，
留下一路
熟悉，似曾相识的味道。

捉摸不透的，
是它寂寞的孤独，
奢侈的自由，
隐隐的清高与孤傲。

温存之后，
是否会离别？
但是，每一个春秋，
它不离不弃。

风，
永不离别，
吹拂残留的余温，
还有温度的季节。

思绪随它而游离，
凝望着隐形的它，
驰骋着，

飞翔着。
时光的轮轴，
一圈又一圈，
像幸福的摩天轮一样，
机械却甜蜜地转着。

光阴似箭，
飞逝的时光，
已被我在心中存放，
它，却依然如旧，
依然轻拂过，我的身旁。

它从我身边走过，
向我叙旧，儿时的快乐。
我向它诉说，
诉说对逝去童年的怀念。
它在我的身边，静静聆听。

风，
轻拂万物容颜，
刹那间，怀念的忧伤与彷徨，
已在它轻快的脚步中，
悄然湮灭……

露珠

清晨，露珠姑娘醒来了
她迫不及待地睁开双眼
透亮的瞳仁
满含着浓郁的思情
流露出对光明的渴求

但是
她无暇
欣赏黎明的胜景
享受太阳公公的抚爱
就匆匆辞行

为了让绿叶泛光
为了让草木滋润
为了……
更为了明天
她只有悄然而去

夜来香

你
无意和百花媲美
你
不屑与群芳争艳
只默默地
把夏夜点缀
因为你
心里只有一个信念
只要
给人以奉献
又何必
一定要出人头地……

逐梦人

传说苍茫人间每一个荒芜的角落，
都有生命和奇迹。
只要一颗明媚的心，
一个远大的襟怀，
和坚定不移的步伐，
就可以抵达任何想去的地方，
创造梦的奇迹。

我有一个梦想，
——我想用我的青春，
做一个无边无际的真实的梦，
挣脱一切桎梏。
我想在这段美好的岁月里，
踏上一段义无反顾的旅程，
朝圣憧憬已久的远方。

青春岁月的我们，
拼命向往外面的世界，

抵达后的艰辛，
却让我们启程回家的念头熄灭又重燃，
循环往复——
但终是在一次次的坚持之中，
找到了自己的答案。

人生或许就是这样，
一半是海水，
一半是火焰，
彷徨漂泊再寻常不过。
或许只有在迷茫之中也始终坚信的心态，
才能在沿途的土壤里，
开出似锦繁花。

虽然通往梦想的途径，
往往好事多磨，
但在貌似坎坷的人生旅途，
却能偶遇不一样的风景和奇迹。
找一条适合自己的路，
以梦为马，
坚定地走下去。

我想永不停步，
却不一味疾走。

不管沿途遇见的，

是鲜花荆棘，

还是一马平川抑或穷途末路，

当初行走天涯的决心，

从未消失。

"我们在黑暗中并肩前行，

走在各自的朝圣路上。"

步履实地，

提灯前行，

前路与归途一片光明。

这一刻，

我们都是逐梦人。

远方的青春

——义无反顾，风雨兼程

或许此生无法再次有幸，

看到那崭新的文字，出于你的笔，来自你的心。

所幸那些曾经的言语已铭刻在心里，

字字句句，充满温情。

字句之间，还能感触到那丝坚定且永恒的力量，足矣！

记得五年前第一次读你的诗，
并不新奇的诗名，
甚至连你的名字也并不熟悉。
只是潦草仓促地路过你的世界，打个照面，
匆匆忙忙地把开头引进作文的结尾里。

完全陌生的你，
也很快被淡然忘记。
也没能想到你会是那个不可缺席，永生难忘
的人，
在人生这条路上，
给予我以梦为马的勇气，拥抱远方的决心。

三年前吧，
语文课的屏幕上投影出醒目的黑体字，
深深触动了我的内心。
少年不要怕失败，没有多少人会讥笑一个少年
的幼稚和失败。
当你长大了，失败的滋味会比少年时代难受得
多。

于是，我知道了你的名字。

随后又想起了当时摘进作文里的句子，
忆起那首《热爱生命》，那种情怀。
我不去想是否能够成功，
既然选择了远方，便只顾风雨兼程。

读了很多你的那些与内心深深共鸣的文字，
那些在摸爬滚打、满身泥泞、苦不堪言、希望
渺茫时出现的文字，
那些重燃光亮的力量啊，
那让我不顾一身狼狈重回战场的力量，
在那之后时刻伴随我，深深扎根在我的心里。

只知道，确定了就要义无反顾，
就要风雨兼程地奔向远方。
要输就输给追求，要嫁就嫁给幸福。
没有比脚更长的路，
没有比人更高的山。

不论站着还是跪着，
命运都不加改变地到来。
以为跪着就矮了一截，
可以由此躲避命运的风暴，
这只能是一种幼稚的天真。

最忆《挡不住的青春》，
我要飞翔，哪怕没有坚硬的翅膀；
我要歌唱，哪怕没有人微微鼓掌。
我用生命和热血铺路，
没有一个季节，能把青春挡住！

这条路很长，
诸多不经意，无数偶然间，
伴随着数不清的坎坷与冒险，
深深的考验，
这都需要勇气去面对。

或孤独或惆怅，漫长望不到尽头，
无数次孤注一掷，无数次昙花一现，
无数次背水一战，无数次放手一搏，
都要那风雨兼程执着远航的勇气，
要那义无反顾热血青春的勇气。

是你告诉我不言放弃，
怀揣义无反顾的洒脱与憧憬，
是你告诉我要想青春无悔，
就要燃烧激情挥洒汗水。
你的名字叫汪国真。

2015年的4月26日，
是你走向另一个世界的日子。
你带着不悔，带着热爱，带着祝福，
和我们告别。
深深遗憾，再也不能读到你创作的新诗。

人生终有离别，终有尽头，
世事难料，我们只有看着前路走好每一步。
但你不朽的诗作，
青春的诗，永远的诗，改变人一生的诗，
将永远陪伴着我成长。
我永远不会忘记，
那个五年前便在我生活中画下重要一笔的诗
人，
那个向往远方，永远青春的诗人，
那个教会我义无反顾、风雨兼程、无所畏惧
的人，
那个永远微笑着走向生活的诗人。

虽然你走了，
但你教给我的勇气已深藏在我的内心，
我要带着它们，开始我的旅程，
走向我的远方，拥抱我的青春。
义无反顾，风雨兼程。

人生感悟

不抛弃，不放弃

——读《鲁滨孙漂流记》有感

　　世间万物，都有一个美妙的故事诠释。而你们的行动，向我诠释了坚强，向我诠释了不抛弃，不放弃。让我深深地感悟到了，这几个字的深刻意义。

——题记

　　烈日炎炎的假期，我再一次进入了脍炙人口的《鲁滨孙漂流记》的世界，重温了鲁滨孙充满坎坷又惊心动魄的生命旅程。尽管他只是伟大作家丹尼尔·笛福先生虚构的小说人物，但我依旧被他深深震撼了。

　　大约在1661年，热爱冒险的鲁滨孙再一次登上航船。不久，一场可怕的风暴惊悚来袭，轮船碎裂，船员恐慌，人们为求生而与愤怒咆哮的大海做着无济于事的抵抗……所有的朋友都死了，只剩下他——鲁滨孙。濒临崩溃的鲁滨孙没有束手待毙，没有因绝望而放弃生命，更没有因一无所有而抛弃生的希望！反之，他，勇敢地生活着，在荒岛上生活了整整二十七个春秋。

　　鲁滨孙那不抛弃、不放弃、不退缩的精神令我泪流满面，并且让我有种似曾相识的感觉，恍惚中，情不自禁地，我的脑海中浮现了那一幕：那个夏天，那个烈日炎炎的暑假，我来到妈妈的学校——浙江体育职业技术学院。在妈妈的介绍下，我有幸认识了她——海原阿姨！生活中的她活泼开朗、热情大方，可惜在她5岁时，因交通事故造成了左腿粉碎性骨折，失去了左腿，但是性格倔强的她从未向命运低头，她对体育运动的热爱和顽强的毅力帮助她克服了种种困难：夏天，39℃的高温，骄阳似火，大家都躲在凉爽的空调房中。但是，海原阿姨却依旧在炎炎烈日之下刻苦训练着。只见她在操场上奋力奔跑，戴着假肢的左腿流下汗水，本就不方便的行动更加艰难，简易的假肢没有一点平衡功能，好几次，海原阿姨都差点摔倒。可她咬咬牙，握紧拳头，尽自己的全力冲刺着、训练着，假肢落在跑道上的声音此起彼伏，连成一曲有节奏感的音乐。终于，她冲过了终点。她喘着气，双手撑在膝盖上。等到她休息好了，我急忙跑上前，做一次实地采访。"海原阿姨，请问您为什么炎热的天气之下还要训练？""因为艰苦的环境可以锻炼自己的意志，我要不断努力地磨炼自己，坚持不懈，让自己更上一层楼。"海原阿姨坚定地回答。"那您在训练时有过因为疲劳想要放弃训练的念头吗？""曾经有过，但是我马上打消了这个念头，在我要放弃时，我就勉励自己不抛弃，不放弃。不抛弃这个运动员的光荣称号，不放弃自己的努力。""那您觉得残疾人运动员是不是比正常运动员的能力要逊色一些？""也许残疾人运动员因为身体上的缺陷，能力的确比正常运动员要差，但是我知道，自己也是一名运动员，自己的能力已经不及正常运动员了，更要加倍努力训练，鼓励、激励自己永不抛弃，永不放弃，相信终能超越一切。"是啊，残疾带来的行动不便是我们不敢想象的，但是，海原阿姨和那些残疾运动员仍然勉励自己：不抛弃，不放弃。他们，都拥有这难能可贵的精神。还记得广州亚残运会上张海原担当最后一棒火炬手的那一幕吗？高难度的攀岩曾使她受不了，但她并没有打退堂鼓，而是继续和昔日的队友一同以昂扬向上、自强不息的精神和相互扶持、互相鼓励的方式向高处攀爬，最终将主火炬点燃。

至今，我很难想象，一条腿该如何支撑整个身体！一条腿该如何让自己跑起来！一条腿该如何离开地面，纵身一跃！一条腿该如何攀岩，点燃神圣的火炬！这也许就是运动员独有的拼搏精神吧！我的眼前仿佛浮现了海原阿姨年复一年地刻苦训练场面。她也曾因受伤而痛苦，也想放弃，但那一声声的：不抛弃，不放弃！让她再次站立，坚持拼搏！她的坚强不屈，她的迎难而上，她的锲而不舍成就了她在雅典残奥会上的辉煌。

现在，我恍然大悟，原来那种似曾相识的感觉，是因为鲁滨孙和张海原阿姨的身上有着同样的精神：不抛弃，不放弃。

这一幕，常常在我遇到困难临阵退缩想要放弃时浮现在我眼前，鼓励我，激励我，张海原阿姨起跑、起跳的身影定格在跑道上，更定格在我的心灵深处。

不抛弃，不放弃，是多么可贵的精神，是我们必须学习的美好品质。

你们的行动，向我诠释了什么叫作不抛弃，不放弃！

让爱永驻我们家

——读《做一个有道德的人》有感

"让爱天天住你家，让爱天天住我家，不分日夜秋冬春夏，全心全意爱我们的家……"阅读了《做一个有道德的人》这本书后，更使我领悟了这首歌的真谛。

书中温馨家庭——孝敬长辈中的"小鬼当家"这个故事已经深深地印在了我的脑海里。年仅11岁的小女孩卓佳，为了照顾患有先天小儿麻痹症的母亲和患有矮小症又驼背的父亲，一个人承担了家里的所有家务。面对残酷的现实，小卓佳乐观地坦然面对。每天早上6点起床，料理父母吃早饭；每天下午，她推着坐在轮椅上的妈妈，身边跟着矮小驼背的父亲，从街上缓缓走过……但同时，她也不误学习，成绩在班级里名列前茅。因此，小卓佳获得了"宁波市'孝感人间'十佳""2009年奉化骄傲"等称号。

读了卓佳的感人故事，想起自己幼儿园时的往事，我羞愧得无地自容。那时，在父母劳累时，我会毫不客气地给他们增添负担，在他们教育我时甚至号啕大哭……我总是心安理得地享受着父母对我的爱，认为他们对我好是天经地义、理所当然的，却不知道去体谅他们。但是自从我上了小学，我就开始懂事了，明白了家长的良苦用心，体谅父母工作的辛苦，开始尊敬长辈、孝顺长辈。在父母累了的时候递上一杯热茶，为他们捶捶背、揉揉肩，尽力做好自己力所能及的事情，让父母少操心，让家庭更温馨，让爱永驻我们家，让生活更美好。

其实，我最应该孝顺的是我的外婆，是外婆把我从小带大。从我呱呱坠地起，外婆就抱起了我，这一抱就是两年多，直到我被从老家接回来上托儿所。那时外婆为了照顾我，每天忙忙碌碌，总是最早一个起床，最晚一个睡觉，甚是劳累，却又乐此不疲。现在外婆已经六十多岁了，体力也不如从前了，我更应该孝顺她。

一放寒假，我就央求妈妈让我回老家陪外婆。俗话说"笑一笑，十年少"，为了逗外婆开心，为了外婆健康长寿，我经常跟她讲一些学校里的趣事，逗得外婆哈哈大笑。一天，我在书上看到玩电脑游戏能预防老年痴呆，二话不说就帮外婆下载了一个锻炼脑部和手部灵活的游戏"连连看"。外婆从没接触过电脑，她连连摇头说她不会用，我一本正经地说："外婆，你不是经常鼓励我学新本领的吗？你自己怎么就遇难而退了呢？事在人为，我会教你怎么玩的，一切包在我身上……"外婆被我逗乐了。思想工作做通了，我开始手把手地教外婆怎么玩。外婆毕竟老了，在我们看来易如反掌的游戏到她手上感觉比登天还难，学起来很慢，她也曾想半途而废，我一再鼓励她，甚至还给她讲了许多励志故事。我认真地教，外婆努力地学，最后终于学会了。当然我也告诉外婆玩游戏不能上瘾、要有节制，这样才能真正起到应有的作用。

过了几天，不知什么原因，外婆的右手臂酸痛至极，不能动弹，也不能做家务了，我就自告奋勇地承担了照顾外婆的任务，扫地、拖地、抹桌子、洗菜、洗碗，等等，也忙得不亦乐乎。我一丝不苟地劳动着，当看到一尘不染的地面、光可鉴人的桌子、干干净净的碗筷时，我的心里比吃了蜜还甜。午饭时，我给外婆炒了最拿手的蛋炒饭，外婆笑得合不拢嘴，那顿饭我们吃得特别香，我为自己终于能够照顾外婆而格外开心、自豪。

春节时，我和爸爸妈妈到马来西亚旅游，那里可真美：琳琅满目的果树、奇形怪状的石头……我深深陶醉了，玩得不亦乐乎。第二天，在当地的商店里看到了一种叫做千里追风油的药水，是专治疼痛或酸痛的。我马上就想到了正经受着手臂酸痛之苦的外婆，我毫不犹豫地拿出自己的零花钱给外婆买了两盒，并且一字不漏地听那里的服务员阿姨讲解怎样使用，想象着外婆的手臂能好起来，心里美滋滋的。美丽的风景在我眼里也黯然失色了，我恨不得立刻回国把药水送给外婆。回来后我马上把追风油送去给外婆，我按照讲解把追风油给外婆涂上，当看到外婆因操劳而粗糙的手，想着外婆对我的好，我不禁哽咽了。随后，我耐心地教外婆怎样使用：先把油倒在手掌心上，然后用手掌捂在疼痛处，直到发热才能放开，还告诉外婆涂这种油时千万不能用手揉。外婆感动得热泪盈眶，连连称赞我是个好孩子。不久，外婆的手臂康复了，我很高兴，因为我孝敬了从小把我带大的好外婆。

但我知道，我这样做是应该的，因为美好的生活就是父母用慈爱的伞为儿女撑起一片晴空；儿女就应该用孝心给父母捧上一杯香茶，用心体会爸爸的辛苦、妈妈的唠叨；细心呵护家里的老人，这样爱将永驻我家！

（写于2011年8月）

执守梦想

——读刘同《谁的青春不迷茫》有感

对于梦想，能够坚持，一切就明了了。

——题记

看上去似乎很旧了，扉页上细小的褶皱，书侧密密麻麻的折角，目录上圈圈点点的标号……巨大的木质书柜里，没有几本书上有这样频繁的标记，至少迄今。

一开始只是偶然，因缘际会罢了。在学校对面的书店里犹豫很久，最终还是买下了它。后来更多的是庆幸，庆幸当时自己的决定，让我没有错过。

写友谊，写感激，写敬仰，写怀恋。兀自的，不羁的，不甘的，柔和的，煽情的，调侃玩笑的，一语道破毫不留情的……一切有关于青春，有关于成长的。

有所感触的很多，但震撼自己的，却是最需要细细体会的。

一晚上什么事情都不做，只怀念从前，思索曾经。他说大多数人都是凡人，一天的幸福就能让他忘却以往所有的不幸，一天的不幸也能让他忘却以往所有的幸福。他忆起从前写青春小说的日子，毫不出众的自己唯有一条道走到黑的坚持，区别开才气逼人的他们。但却从未想过停止的自己，迷茫中写不出一点社会题材和宏大境界的自己，沉浸在自己与自己对话中，没有足够资格的自己。却发现浸泡多年后有所不同的自己，不知不觉已经改变，变成融入这个社会的自己。他如释重负轻声而坚定地说，你看，我说吧，不着急，慢慢来，该轮到你的时候自然就轮到你了。

后来一切似乎都明了了。阳光照耀在他所身处世界的某一处角落，悄无声息，不知不觉。新书出版，一举夺魁。《伤心童话》出版之后，他说其实这一切就够了，很多事情做出来，内心第一念头不是为了钱，不是为了名，而是为了价值，那是一种珍贵的存在感。也许今天有人不懂"存在感"这个词，但总有一天你会懂的。很多事情，只要能做到心甘情愿，一切就理所当然，所有的现在，在我看来都是理所当然。因为我一直都是心甘情愿的。

我不知道应该怀着一种怎样的情绪读这篇文字，他所经历的种种坎坷，更不明白要用什么样的方式感同身受。但读了这些文字，总有许多的触动。

　　人生这条路很长，坎坷、惊喜、成功、失败，隐匿前方的哪个路口，谁也无法预料。又或许你正在经历着。因为它们，人生才充满不一样的色彩，你在迷茫中学会抉择，在漫长中懂得等待，在挫折中收获成长。只要坚持，不知不觉，你便会成为你梦想中的那个模样。但也唯有坚持，方能变幻想为真实，无捷径，无选择。于是很多梦破灭了，消失了，不复存在了。曾经年少的梦成为过去了，与想象背道而驰了，被时间装点成记忆了。他们无能无为地站在人生罕见的分岔路口，面无表情地变成自己曾经始料不及的模样，沉默了，向前走了，过去的一切在记忆里不会重演了——一切重新开始了。泪水盈在眼眶里，来不及落下，就麻木不仁地前往了。那些年少的梦想，再见了。

　　或许我们正值年少，对于那些与梦想背道而驰的人，完全无法理解，无法想象。我们已有了自己的梦，也准备付诸行动。只是，我们依旧是举棋不定的。因为下一秒，世界也许就会换一个模样。曾经，写作对于我来讲，是一种快乐，纯粹的快乐，必不可少的。而现在，它是通向梦想的路，仍是享受，但掺杂着别的东西，幻想更多了，质疑也存在了——自己对于梦想与未来，是否过于武断了。对于梦想，出现犹豫了，动摇了，矛盾了。毕竟，未来，多被它握在手里——我也害怕自己，会变成那个背弃梦想的人，会失去那个苦苦等待永远擦肩而过的机会，最终无可奈何被遣送回起点，变成失去一切的失败者。但我也明白了，因为他的文字，不停触动心灵的文字，不断否认我犹豫的文字，充满青春时的热血洒脱，勇敢不羁，真实而真诚的文字。他讲的一个个真实的故事。十年，人的一生没有几个十年，他花十年时间追梦，他十年没有放弃，没有犹豫，终于成功了。他亘古不变的理想，终是实现了。对于梦想，他有亘古不变的坚定，持之以恒是他永远的行动，他始终相信自己的决定，始终保持着年少时热血的冲劲。他有长远的目光，他释然地等待，却不停止前进的脚步。他是乐观的，他说所有的现在，在他看来都是理所当然的。因为他一直都是心甘情愿的。对于成功，他淡然处之，他不后悔十年努力，他不张扬，不向全世界宣布自己的成就，他只是在心里，对十年里默默奋斗的自己说，一切都值得。正因为他的坚持，他的坚定，他的执着，他的梦想才能实现。

因为他，因为他的故事，一切都明了了。

因为对于梦想，能够坚持，一切就明了了。

下一站，梦想

人生是一条路。锲而不舍，下一站，便是梦想。

——题记

我相信，这是我听过的，最动听、最感人的故事。有关人生，有关梦想。

　　我相信，这个故事，会永远在我的脑海里，挥之不去。

　　这是一个不可思议的故事。妥瑞氏症，一个对于我来说完全陌生的医学术语，一种罕见的精神病症。直到看完这部电影，我才感受到这短短四个字背后无比强大而又令人恐惧的力量。不由自主地扭动脖子，发出奇怪的叫声。我更无法想象，一个妥瑞氏患者，要靠怎样强大的力量才能支撑着自己活下去的希望。他只是一个平凡的男孩，却从小生活在妥瑞氏症的阴影下，没有人理解他，甚至连自己的爸爸也认为他只是单纯地想用捣蛋来吸引别人的注意。每天，他都要接受那些异样、鄙夷、恐惧的目光，受到无数不怀好意的嘲笑。一次次在课堂上竭尽全力克制自己，却还是无能为力，一次次引起全班同学的哄堂大笑和老师的大发雷霆，一次次坐在校长办公室的沙发上，听着校长愤怒的训斥，低着头一声不吭。还记得，他站在讲台上向大家道歉，无奈而委屈，他知道这一切都是因为他不能控制自己，却狠下心保证不会再发出奇怪的声音；还记得，他爸爸忍无可忍的怒吼，使他悄悄红了眼眶，拼命忍住欲夺眶而出的泪水，他只是轻轻地说，我不怪他；还记得，他一个人坐在校长室里，背影孤独而绝望；还记得，他从教堂里出来，信誓旦旦的决心；还记得，他锲而不舍，不畏坎坷，朝着自己最初的梦想蹒跚前进，一步一个脚印；还记得，他在孩子们中间，笑得一脸灿烂；还记得，那一刻，他举起年度优秀先进教师的奖牌，台下掌声雷动。那一刻，他实现了梦想，收获了自己一生最大的幸福。

万万没有想到，这是一个真实的故事，几乎没有任何的改编。我实在无法想象，是什么样的力量使他获得了最后的成功。这并不是一个普通人能够做到的事情。我想，如果换作我，时常做出怪异的举动不能自制，父亲一次次大发雷霆，陌生人异样的目光，老师同学无尽的讽刺嘲笑，还有心理医生愚蠢可笑的错误判断，各种各样的药物治疗，我可能会失去勇气与希望。但他不一样，面对病症，他笑侃这是陪伴他终身的朋友，更是教会他乐观努力生活的老师。面对辱骂，他选择包容，默默忍受着委屈。面对嘲笑，他选择淡然，认为自己有愧于老师和同学。面对失败，他选择坚持，二十多所学校的拒绝，仍然不能熄灭他心中自信与坚强的火苗，锲而不舍，终能在路的尽头找到属于自己的梦想。面对残酷的现实，他选择微笑，选择释然，或许失望过，或许沮丧过，或许愤怒过，甚至自责过，但他心中永远闪烁着希望之光。

这是一个意味深长的故事，令人深思，回味无穷。我深深地被他的乐观、自信所折服，被他的坚毅、顽强所鼓舞，被他的宽容、忍让所打动，被他对梦想的执着追求，不被困难打败的勇气所震撼。我只能感到惭愧，在他面前，我是多么渺小，多么懦弱，多么摇摆不定。

梦想，是一个神奇的东西，它使人们变得坚强，变得勇敢，变得强大。它使人们不顾一切地探寻，锲而不舍地努力，执着顽强地追求。梦想，是人努力的方向，是人生道路上一个必不可少的站点。梦想，不同的人给它不同的定义，造成了每个人不同的人生结局。面对它，有些人不屑一顾，有些人失去信心，有些人却无比坚定。

或许，这不是个故事，而是个传奇，但我更喜欢称它为故事，因为它不是庄重肃穆的，而是温暖人心的，令人泪流满面却又纯粹真实，它的身上闪烁着希望的微光，像破晓后的黎明，振奋人心。尽管没有生动的语言，华丽的辞藻，却有温暖的结局，美好的旋律，鼓舞人心。

这是个美丽的故事，一个关于梦想的故事，一个令人永远难忘的故事。

我想，人生是一条路，你坐在那辆叫作成长的巴士里，慢慢前往，岁月是沿路的风景。历经坎坷，锲而不舍，下一站，便是梦想成真的地方。

引路人
——观《闻香识女人》有感

人这一生，最最幸运的事情，莫过于在最无助迷惘、不知所措、不见希望的日子里，遇上这样一个引路人。

——题记

总之，我确实无法想象，有一天自己彻底活在一片黑暗里，看不见这世界上一方角落、一丝光亮，更不用说我所深爱的人。当一边是跨入哈佛的直通车和咄咄逼人的校监，一边是时而顽劣爱恶作剧却真诚善良的初识的朋友时，寒窗苦读、努力追梦的我也茫然无措，陷入走投无路的两难境地，深知无论怎样抉择都违背自己的心意。

故事发生在静谧的夜晚，草坪边的路灯下，几个同学在密谋恶作剧，恰好被年轻的学生查理目睹。次日早晨，查理被恶作剧的受害者——校长叫到办公室，校长威逼利诱他，想强迫他说出恶作剧的主谋，但查理不愿出卖朋友。周末，带着烦恼，查理去因意外事故失明的弗兰克中校家兼职。中校本失去了继续生活的勇气，希望再享受最后一次生活。他带着查理尽兴地旅行，然后准备结束自己的一生，但查理竭力阻止了他自杀。从此，他们之间萌生了父子般的感情。弗兰克也重新找回了生活下去的勇气。影片结尾处，弗兰克中校在学校教堂激昂的演说，挽救了查理的前途。

就是这么有着倒霉遭遇、原本毫不相干的两个人，一个为生活、为学业而焦头烂额的普通学生，一个历经辉煌与坎坷，最终意外失明并就此消沉的军人，命运安排他们相遇，开始了一段充满传奇色彩的旅程。一个即使失明，但能通过嗅觉感知很多的事情，能在警察盘问时镇定自若，能使人们对他产生深深的崇敬，他神通广大，无所不能，让人惊叹，让人难以置信。而另一个即便贫穷，也能靠自己的双手和努力改变一切，能始终坚定自己的原则与信念，能在伪善的世界里保持干净的灵魂，他创造奇迹，永不言弃，最终找回了真正的前路。

首先惊叹于他们的历险，其次感动于他们父子一般的感情，比如别人叫错他名字的时候，中校无比严肃地纠正："他叫查理。"比如中校一次次理直气壮地对别人说他是自己的儿子，比如他们都毅然而不顾一切地挽救了对方即将崩塌的世界。

总之，我是无法想象他们充满坎坷和巨大灾难的生活，换作是我或许早已不堪一击。但所幸查理在中校即将扣动扳机时拼命抑制恐惧大声喊："你不应该死。你跳探戈和开法拉利的样子帅极了。"所幸中校在集会上略微粗鄙却深谙真理、赢得如雷掌声的演讲，让查理重获了学习的机会。所幸他们闯入对方的世界，把彼此从绝望的深渊中拽了出来。

人这一生，最最幸运的事情，莫过于在最无助迷惘、不知所措、没有希望的时候，遇上这样一个人。他使你重拾坚定向前的勇气，重拾勇往直前的决心，指引你前进的方向。

他们便是彼此的引路人，不是单纯因为查理搀扶着双目失明的中校，引领方向。他们在彼此望不清前方的时候，燃起希望之光，丢掉了原本的悲伤。而此时，在中校跳探戈娴熟完美的步伐里，在那首悠然婉转的《一步之遥》中，我忽然懂得了很多，懂得了坚定不移，懂得怀揣希望，懂得不言放弃，懂得相信自己，懂得有时候我们与成功只有一步之遥，只因为自己摇摆不定，没有勇气而已。

真的很幸运，能遇上中校，遇上查理，遇上《闻香识女人》。

或许现实生活中，没有那么多恰巧，让我们碰到那些真正能为我们指引方向的引路人，但我们可以成为自己的引路人，给予自己信心与力量，说服自己继续向前，重整旗鼓。

他们是彼此的引路人，他们是我的引路人，而我，也要尽全力成为那个永不放弃，鼓舞、引导自己向前的人。

在困难时告诉自己——一切都会好的，只差一步之遥。只要努力，一步之遥不是不可逾越的。

远方不远

——再读刘同《谁的青春不迷茫》

"既然选择了远方，便只顾风雨兼程。只要心仪，远方不远。"

记得诗人汪国真曾这样说。

人的一生，便是在勇敢前行之余，一路憧憬着未知的远方，给予自己的脚步，一个通往未来的方向。

然而没有一帆风顺的远行，没有事事如意的旅程。我们也许历经坎坷，面对挫折。然而在摸爬滚打，彷徨犹豫，不知所措之际，也许会有那么一些人、一些事，抑或一种精神与力量——他们悄然出现，用特别的方式，改变其中一些人……

　　他用了一本书，写十几年青春。这一路走得不易，他把自己的整个青春都献给了梦想。忙忙碌碌，他面对的却始终是前路茫茫。这一路艰辛而格外漫长，但他终是成功了，把"刘同"这个名字在追梦的道路上传播开来，声名远扬。他说这一切需要勇气，而他的勇气，来源于这条路上的很多人。父亲、爷爷、奶奶……他们是爱的支柱，即便很早就背井离乡，与他们分别，但他仍感受到他们无私而不求回报的深沉的爱，不断给予他鼓励和坚持的力量；前辈们，给予有力的帮助，在迷失方向时他用他们的经历为自己指点迷津；榜样们，是耀眼的路标，因为他们，他拥有足够的勇气和清晰的目标，冲破一切束缚与桎梏，战胜一切困难与路障，一路勇往直前，通向远方；甚至还有敌人们，他以他们为镜，让自己活得更带劲；甚至还有路人们，他说他们匆匆闯进他的生命里，只为给他上一课，即便匆匆转身……他用一本书记录了通往远方的所有故事，他用这本书，感谢那些在成长路上给予他勇气和决心的人。即便有些人并没有给予他真正意义上的帮助。

　　我们也应该明白，这一路上并不会有这么多及时雨一般的力量。所以我们必须清楚，要成功，就必须倾尽全力地付出，无所畏惧地追逐，则必定要经历那疲惫、艰难、不知前路和尽头的过程。在这充满挑战、时常迷惘无措的境遇之中，只有少数人能够在成功后乘胜追击，在失败前从不气馁，在坎坷无望间仍然怀揣对远方的向往与热爱。他们在同样的生活与困境之中，收集着每一个明亮或昏暗角落中的力量，变为重整旗鼓的勇气，更加努力地向前，最终成了极少数闪光者中的一个。

因为坚信，因为有始终积极向上的乐观力量，因为善于从邂逅的人、遇见的事之中充实自己，你会感到满满的正能量，你会听到一个声音，向你诉说远方的美好，激励着你挣脱桎梏继续向前——只要你坚信，希望不灭，远方不远，青春无悔。

希望正在这路上热血奋战、勇敢追逐的我们，遇到真正鼓励自己、帮助自己的人，微笑并对他说，"遇见你，真好"；而如果像多数人一样，没有遇见自己的伯乐或及时雨，你仍然苦等着机遇，期待着命运，请不要沮丧，请向生活与困境微笑，暂且不要执意前方，请汇聚所有的勇气、力量与爱。毕竟你所要做的，便是抓紧那些所能够激励你、唤醒你的正能量，抱着无畏但平和的心态，去尝试，去追赶。青春无憾。

青春，热血。

无畏，坚定。

憧憬，追逐。

远方，不远。

不忘初心，方有奇迹

——读《向着光亮那方》有感

年华翩然而过，岁月渐行渐远，而那埋藏于内心深处的声音却愈发坚定。不忘初心，方得始终，方有奇迹。

——题记

记得顾城先生笔下《世界和我》中这样说："在现实断裂的地方，梦汇成了海洋。"

即便朴素的笔调，也能轻轻勾勒出绚烂的美好；却也在破灭的时刻，浇熄心中憧憬的火花，这就是梦想——遥遥远方，沿途荆棘坎坷，一片黑暗中依稀点点光亮。年华翩然而过，岁月的洗礼和打磨，只留下错失初心的遗憾，梦与真实擦肩而过。

但总有人，可以在荆棘和坎坷带来的迷茫与畏惧中，生出对于未来的渴望，凭借那份勇气和青春的热血，跌撞前行，向着光亮那方，朝着最初梦想的方向，像他一样。

几万字，道尽十年青春，讲述的那些真实的故事，感动了无数人。在那时无穷无尽的烦恼和不着边际的梦想交相掩映中，一边渴望，一边畏惧；在壮志凌云、无比热忱的岁月里，一事无成，一筹莫展，夜深人静，泪流成河。所幸时光悄然改变那年少的不堪和脆弱，心中油然而生的使命感和责任感默默指引方向，向着初心，不停步，不疾走，只是坚定不移，奋力向前。超越怯懦、羞涩和不安，不再向人生索要答案，在后来的光阴里拥有胆识、智慧和勇气。播下去的种子，终于开始发芽。

而放眼当下，有多少人，能够憧憬倾盆大雨后的晴朗天空，能够经历荆棘坎坷间的苦不堪言。所谓的诗和远方，都输给了现实的残酷，败给了内心的懦弱。轻言放弃，转身离去，最初的梦想，就这样在荏苒岁月里，渐渐淡忘。

刘同说："我不怕我偶尔会难过，因为我很清楚道路还很长；我不怕我偶尔想放弃，因为我很清楚那只是自己一时的无力。"点燃每一根火柴，点亮每一丝希望，守住每一瞬花火，汇聚成熊熊火光，我们就不会忘记初心，在寒冷中孤独离去；而是照亮、温暖整个人生，漫漫前路，一片光明。

还记得周国平先生的哲言录中，有那样一句话触动人心："人不能支配命运，只能支配自己对命运的态度。一个人愈是能够支配自己对命运的态度，命运对他的支配力量就愈小。"坎坷是命运，失败是命运，梦想遥不可及亦是命运。梦想之路不可能一帆风顺，为何就此放弃，在风雨兼程的日子里无所畏惧、一往无前，回首之时，眼前浮现出那条自己走过的蜿蜒道路，方能收获最美好的欣喜。

白落梅曾写下这样一段话："苍茫人间每一个荒芜的角落，都有生命和奇迹。只要一颗辽阔的心、远大的襟怀，就可以抵达任何想去的地方，创造梦的奇迹。"同样的，人生路上每一个光亮的方向，都有最初的梦想。只要在黑暗之中无所畏惧，挣脱桎梏，点亮灯火，以梦为马，勇往直前，就能登上那座憧憬已久的顶峰，使追梦之旅得以完美。

他说，抱怨身处黑暗，不如提灯前行。

所以，向着光亮那方，怀揣炽热梦想。

因为有一句话，在岁月的打磨中始终不变——不忘初心，方得始终，方有奇迹。

一生溯源
——读《我在故宫修文物》有感

有人说，一辈子很短，也许只够做一件事。

因此他们于疾速奔腾、嘈杂喧嚣的时代巨流中溯源而上，守望最初的美好，如朝圣一般虔诚，倾尽一生。

——题记

"大历史，小工匠。择一事，终一生。"循着纪录片的尾声，意兴盎然拿起《我在故宫修文物》原作，序言的第一句话，短短十二字，称道他们的人生，再好不过。

一身绝技，坚守往昔。他们的着装言谈与我们无异，同时生活在机器工业时代，但他们的手艺，却有几千年的生命了。

立身处世，谦虚平和。他们视自己为普通的故宫工作人员，但其实，他们是顶级的文物修复专家，是给顶级的文物"治病"的医生。

不畏纷扰，平静专注。动辄与三千年前的古人对话，工序烦琐，缺一不可，还要做出时间的侵蚀感。而卓越的工匠工作时不动如山，沉静似水，世俗的喧嚣如水面的涟漪，在日复一日的专注中平静。

"手工艺是时间的艺术，修复师的世界安静而诚实，双手与心的创造，流露出的不只是高超技巧，还有人手的温度，心的高洁。当匠人的本真与物的本质相遇，物我两忘……"

山花朗月，一往情深。字里行间，无一不让我忆起一六年盛夏的那次旅程，那段令人永远铭刻于记忆的时光。

烟雨江南，黛瓦青墙，阡陌纵横，树木林立。午后的时光鲜少有行人走过，格外宁静，却不失温暖。窗外的景色——掠过，停步在一处人家。迎面走来一位精神矍铄的老人，步伐健朗，笑意盈盈，言语之间，打开了这扇通往那方世界的大门。

注定他要与它结下不解之缘，在父亲与老师的耳濡目染之下，他自幼扎根石雕艺术的土地，天赋异禀，技艺超群。心怀始终不渝的热爱和坚持，他走进了人生第一个站点——中国美院的大门。

毕业之后不忘初心，他来到了这个故事开始的地方，邂逅了这片青色的美丽，从此深爱不已，始终不弃。当国营瓷厂不再运作，曾经一同工作的朋友各自走散另谋生路，到城市里追求繁华的时候，内心的不舍和坚定，让他心生一种神圣的勇气，停下了离开的脚步，继续留在这里，将儿时便烂熟于心的雕刻艺术，与青瓷技艺灵魂相融。青瓷雕刻厂的建立是艰辛而困难的，但他初心不改，苦心经营，小心翼翼、拼尽全力地守护着自己的青瓷世界。

犹记那间朴实无华的工作室里，掠过眼前那低沉的苍翠，灵动的青绿，精致的浅灰，耳边此起彼伏的钦佩赞叹。十八罗汉、伏魔钟馗、持瓶观音……无一不是雕塑工艺与青瓷的完美融合，青瓷界堪称经典的创新之作……"手把青秧插满田，低头便见水中天"，这份青色的传统之美，终究是在这时光里熠熠生辉，惊艳了世界。

对于那些修复师傅们，他们遵守匠人无名无我的传统，"择一事，终一生"，与世无争。国宝上不会留下他们的名字，参观者也不会知道修复者是谁，他们看似没有追求实现自我，但这令许多人终身寻找的命题，早已经由每一次焊接和上色而实现。他们沉入工匠无名无我的广阔时空中，面目沉静，却以另一种方式接近永恒……

而对于他，眼看着曾经一起拜师学艺的同窗，纷纷放弃传统技艺，在现代化的城市里漂泊闯荡，满载而归；眼看着自动化、流水线逐渐取代了费工费料的传统制法……他看似在时代巨轮的无情碾压下挣扎和无措，却秉承着心中的责任和信念，一生、一世，只认准这一个坚定的目标。久而久之，溯源前进，竟成为一种本能的信仰。

在喧嚣中宁静，在利欲间淡泊，"自我消融于这广阔之中，不再需借自我炫耀而获得存在感"；认定一件事，倾尽一生。张岱曾说，盖技也而进乎道矣。讲的大概就是他们这样的人吧。

木心先生曾作诗《从前慢》。他说："从前的日色变得慢……一生只够爱一个人。"

或许真的如很多人所说——一辈子很短，也许只够做一件事。

《我在故宫修文物》纪录片的导演萧寒说："现代中国需要工匠精神。一辈子只干一件事，是现在的年轻人做不到的。他们三年跳两次槽，一年跳三次槽，因此那种耐下心来，不急不躁地去做一件事的气质，实在是太稀缺了。"

也有人指出，新时代的步伐节奏越来越快，追求物质的欲望也愈加强烈，愿意投身于这类行业的年轻人便愈加鲜少了。"正是我们被惯性和无明推得快速甚至踉跄的脚步突然让我们意识到，认真地慢下来是如此可贵。"

或许我们也都曾想成为那种"择一事，终一生"的人，但走着走着，现实却总想把我们变成自己曾经讨厌的样子。只会一味随着时代洪流向前奔走，而忘却这巨流发源之处的桃源美景。这也就是为何，不少年轻人频繁地切换自己的职业和身份，永远无法坚定，更无法认准一条路，虔诚地走下去。

所幸总有些人，几十年如一日，苦心孤诣，毫不倦怠，不爱繁华现世的绚丽美景，只爱最初那方山河简静的土地上，历经千年岁月的山花朗月，明月清风。他们在一角沉静下来，逆流而上，追溯那最不应该被我们丢失的源头。

他们"倾尽一生，只为专注于一件事"，不紧不慢，不慌不忙，仿佛外界的一切纷扰，都与之无关。

世俗的喧嚣如水面的涟漪，时代巨轮也无情地碾压而过。而他们仍然选择于疾速奔腾的时代巨流中溯源而上，守望美好，如朝圣一般虔诚，倾尽一生。如此甚好。

恍然，我懂了

我本以为，那些花儿会在风吹雨打之下，悄然失去生命的色彩，默默无闻，以至于都不曾知晓，她曾经那么夺目而绚烂地怒放过。但是，我错了。狂风暴雨，仅仅是一场考验意志的命运的洗礼。在风雨过后，她们依然朝气蓬勃。深深凝望着雨后怒放的她们，我恍然明白了……

——题记

生活中的一点一滴，都蕴含着独特的美，令人细细品味，回味无穷。回首过往，记忆最深的，莫过于那件事。

从小学一年级我就开始学习声乐，从未间断过。在老师的悉心指导下，我的唱功渐渐提高。课余时间，我也参加了许多比赛，考级、争章，也获得了不错的成绩。五年级的时候，我在老师的推荐下参加了一场比赛。初赛、复赛、决赛，我一路过五关斩六将，最后，来到了省决赛的舞台上。但这过程并非我想象中那么顺利。比赛前夕，咽喉炎、感冒发烧接踵而至。站在舞台上，握住话筒的手微微颤抖，手心不断冒汗，天花板上明亮的镁光灯，此刻显得无比刺眼，台下摩肩接踵的人，使我脑袋昏昏沉沉。迷迷糊糊地凭着自己仅剩的感觉与意识唱着那首歌，一曲终，台下稀稀拉拉的掌声，使我的大脑猛然清醒，失望甚至绝望瞬间充斥我的心，心情一下子跌到了谷底。

我最不敢面对的事情，终究还是发生了。我输了，输得彻底。落寞地站在观众席最后一排，看着胜利的他们微笑着接过那对于我们来说至高无上的奖状，感到格外刺眼。我开始抵触，开始选择逃避，开始试图把那些奖状尘封到角落，从记忆中抹去。为了这场比赛，付出的努力，是不能用言语来形容的，但现实却是残酷的。

那一天，妈妈带我来到了乡村。田间，一朵朵向日葵正向着太阳怒放着，生机勃勃。夜晚，暴风雨来临，雷电交加，雨点如冰锥一般从天空中砸落，我为那些向日葵担心着，怕它们被风雨压折了腰肢，无法继续存活。次日清晨，我跑到田间，出乎意料的是，向日葵依然挺立着。只有一两株向日葵，无力地倒在一旁。它们依然向着初升的朝阳，乐观地盛开着、怒放着，散发着沁人心脾的清香与勃勃生机。不知何时，妈妈站在了我身旁，恍然间，我明白了什么。

我本以为，那些花儿会在风吹雨打之下，悄然枯萎，失去生命的色彩；我本以为我输了，输得彻底。但是我错了，错得彻底。命运的考验，挫折与坎坷，不过是一个过渡、一次洗礼。永不放弃，不畏挫折！在湮灭之前，花想怎么怒放就怎么怒放。

恍然，我懂了……

自己铺的路

人生是一条未知的长路，一次漫长的征途。有时候，我们诉说命运的不公，迷失前路的方向。但其实，真正能使我们脚踏实地、继续前往的，莫过于我们自己铺的路。

当你的人生过渡到了另一个阶段，面临着抉择，你所要做的，便是抓住机遇，为自己铺路。她十六岁时在纽约街头被星探发掘，但初出茅庐经验不足的她只是在剧组跑龙套，拍寥寥几部广告。机会终在两年之后来到，她没有一丝怯场，无比镇定地站上主角的位置，自信却不骄傲，于是《燃烧的平原》让她取得了演艺生涯的第一个成就。之后，她没有止步，继续为自己铺路，不惜自毁形象，顶着一周未洗的乱发，流着鼻涕满头大汗赶到片场，成功拿下了心仪的角色。于是《冬天的骨头》让她提名奥斯卡影后。如今她已是名副其实的最年轻的影后，好莱坞冉冉升起的新星，她就是詹妮弗·劳伦斯。她从容镇定，把握机遇，不卑不亢，从未停止前进。她为自己铺路，从无名小辈变得举世闻名，为自己的人生找到了成功之路。

当你身陷低谷，狼狈不堪，面对充满坎坷泥泞、艰难险阻的境遇时，你所要做的，便是在苦难之中忍辱负重，为自己铺路。他是博览群书的学界泰斗，那个时代的到来使他的命运改写。但他笔耕不辍，精心钻研。呕心沥血完成了《牛棚杂忆》。他耄耋之年以自省之笔，写出了恶与善、丑和美、绝望和希望。他就是梵学、佛学、文学齐飞的学界泰斗季羡林，在艰难困苦之时依然坚定不移，怀揣热爱和追求，乐观与坚持，为自己铺一条走出坎坷的路，贫贱不移，宠辱不惊。

当你功成名就、满载荣誉时，你是否会像物理学界空前绝后的人才——爱因斯坦一样继续为自己铺路，铺一条通向无穷真理的路；当你面临失败时，你是否像项羽那样为自己铺一条豪迈雄壮、誓不言败的路；当你的人生……

鲁迅先生在《故乡》中告诉我们，我们可以选择那未被开辟的路，自己去创造、铺设一条新路。莫言获奖后的感言，就是将来要到没有路的地方去走，前面的道路应该是披荆斩棘的前进，常常需要突破，常常需要开创，常常要到没有路的地方去走。未来会怎样，我们都无法预知，但我们必须明白，我们要尽自己最大努力，前往我们梦想所在的远方。

无畏也是一种信仰

那时候，你就告诉我，要勇敢，无畏一切艰难。

——题记

　　他的确没有在我的记忆里存在太多。他忙碌，直至凌晨的加班不在少数；他严厉，会毫不留情地大声责骂批评；他沉默，常常态度严肃，不苟言笑。但我依然懂得，那个不善言辞不轻易表达自己情感的他，教会了我太多太多。

　　那时候我胆小，习惯性向后退缩仿佛是一种本能。对于困难，总习惯性地逃避。我知道自己很懦弱，但我从未想过如何改变，如何挽救。

　　还记得三年级暑假的一天，偶然的机遇让我有幸参加青少年宫文学院的选拔培训，只要通过最后一次考试，便能正式加入文学社。那时候以我的知识水平，根本听不懂老师所讲的内容，看着那些高年级的同学对答如流，顿时感到自己差太多。于是开始坐在教室最后的角落，老师讲课听过且过，笔记来不及记也就作罢了，心里想着"反正我只有这样的能力，我已经尽力了"。直到那一天，难得他来接我，下课走出教室，他轻描淡写地问我："上课都听懂了吧？有没有认真做笔记？"我心中一惊，但又立马被侥幸所代替，硬着头皮含糊地讲："嗯，还行吧。""是吗？那等会儿把笔记给我看看吧。"他依旧走在前面，没有回头，我愣在原地，不知所措。他似乎早就料到我的举动，打开车门示意我上车，继而严肃地问我有没有撒谎，语气略微愤怒。我犹豫沉默许久，胆怯地点了点头。他很生气，像往常一样，不留任何情面地指责我的错误，但我没有想到，他会从包里拿出另一本笔记本，"把笔记补全了。"还记得他当时的话："要做一个无畏困难的人，一个会直面困难的人，要勇敢，学会靠自己的力量战胜一切。这是做人的第一步，最重要的一步。尽力而为。"

记不清当时的感受，或许惊讶，或许感动。但记得我头一次深切认识到了自己的错误和自己的懦弱。从那刻起，我在心里默默立下了那个从此不变的承诺。

记忆中，他的确存在不多，但我仍记得那个坐索道时让我克服"恐高症"的他；仍记得那个带我去攀岩锻炼勇气，去郊外钓鱼使我学会静下心来耐心等待的他；那个监督我跳绳、督促我练字看书的他；那个教会我镇定冷静、沉着应对、坚定向前、坚持不懈的他；还有那个在批评之中教会我直面困难与坎坷，无所畏惧的他……

每个人都有信仰，各种不同的信仰。而我的信仰——

还记得那天，他对我说，要勇敢，无畏一切困难。

——这就是我的信仰。

无所畏惧，倾尽全力。

无畏也是一种信仰，这是他教我的，最难忘的一课。

老爸，谢谢！

成长，无捷径

不是所有事情都能够另辟蹊径，就比如，成长。

——题记

成长，是什么？我不知道用怎样明媚的语言来描绘它的美好，我只知道，它并不是新华字典或者文曲星里那寥寥几字毫无温度的模样。

成长，是什么？曾经在新概念作文大赛领奖台上紧握奖杯不知所措的郭敬明，变成在亚洲偶像盛典上面对千万观众侃侃而谈的新锐导演；只身一人来到北京打拼的刘同，十年努力后变成光线传媒副总裁，写下《谁的青春不迷茫》，或许，这就是成长。

成长，是什么？还记得，那个夏天，我练软笔书法的第三年，手里握着毛笔，看着已经练了两年的颜体字帖，无可奈何地叹了口气，心中不耐烦的情绪不断升级。不得不承认，我一直都是个贪玩浮躁做事静不下心来的人。老爸为了锻炼我静心做事的能力，就让我拿着毛笔开始练字。刚开始的时候，这简直是一场让我痛不欲生的梦，让我安安静静地坐在椅上一动不动、规矩端正地练两个小时，简直就是天方夜谭。但也无可奈何，只得硬着头皮努力配合，不知不觉，竟也慢慢适应了。但两年过去了，我却依然在临摹颜真卿的书法，看着周围的同学拿着柳宗元、欧阳询的字帖四处张扬，我无比羡慕，却只能在宣纸上写着那几个早已烂熟于心的字，急于求成的我心急如焚。老爸似乎明白了我在想什么，意味深长地对我说："急于求成对你没有什么好处，欲速则不达，一切事情，时机到了自然会改变，没有捷径可走的，以后你自然会有体会的。"终于还是坚持下来，书法水平也在一朝一夕中进步着，一步一个脚印，这一路，我走得谨慎却大有收获。

老爸很哲理地说："急于求成就是半途而废的前奏，甚至你自己都没有察觉。不是所有的道路都有捷径，而这些无捷径的路能让你成长。就好比你练书法，没有捷径，只有努力，在成功时，你就能收获成长。"

成长，或许我们都在经历着。那一刻，我恍然大悟，我想错了，成长并不是成功，成功不过是成长后一个惊喜的礼物。郭敬明从以前在台上的不知所措到后来面对观众的强大气场，刘同在十年拼搏中，变得坚韧、勇敢，这都是真正的成长。

成长，是一个漫长的过程，融化在岁月冗长的歌声里。成长，亦是一个隐匿的站点，在你闯过这条充满挑战的路时出现在你的身边。

成长，是一条遍布荆棘的路，但你只能背水一战，倾尽全力，在望不见尽头的路上坚定地向前，别无选择。因为，成长有磨难，成长无捷径。

不是所有事情都能另辟蹊径，就比如，成长。

追梦者的姿态

无论你想成为什么，网球运动员、医生、律师、老师还是一名商人，我都希望你相信自己，追随自己的梦想，坚持到底。只要努力，最终一定会实现的！亚洲首位大满贯单打冠军得主李娜在她的退役告别信里这样说。

梦想是什么？它是想要站在灯光聚焦的舞台中央的渴望；是对于自己人生的憧憬；是在摸爬滚打时微弱却永不消失的力量和前进时明晰而坚定的方向。或许它那么远，那么神圣，看似遥不可及；其实那么近，似乎只有一步之遥，只是若想靠近，你必须懂得什么叫作追梦者的姿态。

站在澳网、法网的最高领奖台，在温网、美网的国际赛场上叱咤风云，成为亚洲大满贯单打冠军空前第一人——她把"李娜"这个名字告诉了全世界。全国人民欢欣鼓舞，为她自豪。她说网球是她的梦想，是在年少时便播种在心里的梦。然而简短平淡言语的背后，二十余载锲而不舍的追逐，挥汗如雨的坚持——她用她的行动拼尽全力实现她的梦想，倾注所有的努力和心血，无怨无悔。持之以恒，坚持不懈，昂首阔步，这就是追梦者的姿态。

震撼自己的还有全美优秀教师布莱德·科恩的故事。

妥瑞氏症使他活在不由自主扭动脖子，发出奇怪叫声，怪诞荒唐的状态之中。尽管一次次竭尽全力克制自己，但始终无法摆脱病魔的阴影。然而他没有被那些异样、鄙夷的目光和冷言冷语所打倒，坚持走着自己的路，也怀揣着自己的梦。他想成为一名教师，教书育人，桃李满天下。他忍受着所有苦不堪言的委屈，面对几十所学校的拒绝，仍旧以积极的态度，带着地图，开着汽车，走过一段又一段未知、渺茫的求职之路，直到他终于被一所学校接受。他全力热爱着他的工作，他的付出不可估量，最终打动了许多人，也收获了心之所往。永不言弃，愈挫愈勇，笑对挫折，这也是追梦者的姿态。

还有左思，十年笔耕不辍，始终如一，不忘初心，抓紧所有时间与机会追求灵感，最终著成流传千古的《三都赋》；也有陈平为秉承父命，光耀门庭，不事生产，闭门读书却为大嫂所不容，面对一再羞辱隐忍不发，忍辱负重，发愤图强，学成后辅佐刘邦成就一番霸业；也有史蒂芬霍金几十年如一日钻研科学，不向残酷现实屈服，对科学的热爱始终不渝，书写出轰动全球的《时间简史》，成就无数辉煌。

梦想存在于每一个人的生命中，而追逐它会历经失败，会有所取舍，会付出很多艰辛，有些人会为了梦想拼尽全力，无畏前路茫茫，于是他们成了少数的闪光者。而多数人，往往在走到一半的时候选择了放弃，因为它那么遥远，看似永远无法触及。但只要努力，当你真正懂得什么叫做

追梦者的姿态，当你拥有了追梦者的姿态……那时的你，
已昂首阔步，走在通往梦想的路上了。

给自己一个回首

有时候，或许我们走得太快了。

——题记

　　小时候，常常坐在那辆破旧自行车的后座，他们走到
哪儿，我就跟到哪儿。长大了，往往独自骑着名牌单车，
飞奔在这座城市的大街小巷，享受这兀自的欢腾。

　　其实年幼的记忆里没有他们过多的存在，外公外婆、
舅舅舅妈，还有我最爱的小姨，那时候，这些人就好像是
我的全部。一百多千米的阻隔，说长不长，说短不短，却
把他们的面孔变得熟悉而陌生。

　　后来回杭州上学，真正开始跟他们一起生活。他很忙，
标准的公务员生物钟，早上七点半上班，下午七点钟走进
家门。而她是老师，肩负重大责任，教书育人，日日忙碌。
每天傍晚，望着同学们陆续离去的背影，无聊地掰着手指
数数，总在不经意的时候，看见门口匆匆现身的他们。终
于离开教室后的我，依稀听到身后老师关灯锁门的声音。

他们很忙，无论工作，还是生活，没有碰巧的闲暇，很少刻意地停留。那时候，他们的脚步，似乎太快。

后来我渐渐长大了，成为一个正宗的"叛逆期少年"，有着各种自己的思想。晚饭之后偶尔因繁杂琐碎事吵嘴，他们不留情面的批评从未改变，而我永远习惯性地以沉默应对。总觉得，我们之间的距离有点远，有时候会悄悄地羡慕别人。

但也总感觉自己忘了点什么……

忘了幼时他们每半个月一次的一百二十多分钟的长途公车的颠簸，忘了他们带来的我最爱的手指饼干，忘了他们自己省吃俭用却毫不吝啬给我买的漂亮衣服和玩具。

忘了他们一下班就冲下楼梯，跃上自行车飞速骑向那个我所在的方向，三步并作两步地跑上楼梯。

忘了他们每天从日出到夜幕，忙忙碌碌，却记得在间歇里走进我房间，放一杯热牛奶或者柠檬水。

忘了上学跳下自行车没有回头地离去时他背后默默地注视，抑或她大声地叮咛。

忘了住校时，她接起电话时的欣喜，他拿过她手机听似"轻描淡写"的关心……

渐行渐远，这一路上，承载多少岁月。

那时候，总觉得他们太快，枉我全力奔跑，也追逐不到。

但其实，也许我错了，我总走在他们的前方，没有回头；我总兀自走得太快，与他们越来越远。

等那个蓦然回首的时候，才发现他们身影依稀，朝我的方向，全力奔跑，才恍然那些年，他们所付出的不求回报的种种。

或许，有的时候我们走得太快了，我们总以为自己在追赶，却忘记了回头看一看。

给自己一个回首！

他们就在身后，竭尽全力陪你奔跑，给你力量。

爸妈，你们辛苦了！

发现不一样的自己

至今仍心存感激和庆幸，她能走进我的世界里，让我遇见另一个懂得勇敢与坚持的，不一样的自己。

曾经的我不爱说话，不善表达，习惯沉浸在自己的世界里，鲜少与世界交流，默默无闻，没有什么朋友，直到那一天，偶然间看到邻座同学的彩图歌谱，音符旋律、字里行间似乎都充满了魔力，我被深深吸引，于是周五放学跟着同学来到了那个地方，见到了那个改变我一切的人。

她优雅温和，却不失作为一名教师严格而有威信的气度。我略微胆怯地跟在同学身后，用极其微弱的声音向她问好，在她明白我的来意之后，没有任何认可或否定，无言地转身，示意我们跟她一起走向阁楼。或许她当时并不看好我。阁楼上，满满一书架的歌谱、唱片，还有闪闪发光的奖杯、奖牌。乌黑锃亮的立式钢琴上，修长有力的手指在琴键上舞动起来，开始了她精彩纷呈的课堂，练声、听音、演唱，时间不知不觉过去，突然她叫住坐在一旁听得入神的我，让我站到阁楼中央唱一首歌。我一时间不知所措，习惯性地想要摇头拒绝，可她似乎看破我的想法："还记得你来这里是想做什么吗？既然想学唱歌，就要先改变自己，你要善于表现自己，舞台才能属于你。"于是那一天成了一个重要的转折点，当伴奏响起的那一刻，我心中的怯懦似乎烟消云散，只想认真尽力地去完成，为了梦想，勇敢坚持。是她让我懂得自信和开朗的重要，让我能够不再怯场，落落大方地上台演唱；是她教会我许多婉转动听的旋律，告诉我做人应有的勇气和自信。这之后她坦言最初并不欣赏我，"但当你被我说服开口唱歌那一刻，我知道你能改变"。永远记得那段时光，每周五风雨无阻赴一场通往梦想的约定；永远记得那时我渐渐明朗的笑容，逐渐消失的沉默，不复存在的慌张；永远记得她一路上所给予我的爱和鼓励，当我站上领奖台捧起奖杯时她眼中的欣慰。

感谢最初因缘际会，让我遇见了她。她是良师，亦是益友；她严谨教学，严格要求，却感知我心中冷暖，给予鼓励关怀。感谢她，让我走出曾经孤独、自我封闭的世界，助我追梦，予我荣耀，让我遇见另一个充满阳光与正能量、开朗乐观的自己。

处变不惊，坚定不移

　　回首上下五千年，纵观漫漫中华路，无数千古风流人物。而最令我心生钦佩的他们，或许没能够成就最后的霸业达成心中所望，或许遭受磨难苦不堪言，或许流离失所坎坷一生，而充满传奇色彩的，是他们于挫折中处变不惊、坚定不移的姿态。

　　梦回三国，魏国宫殿内，文武百官齐聚。心怀不甘听信谗言的魏文帝做出了那个斩草除根置仁义于不顾的决定。殿下之人被令七步作诗，如若不然便将遭到斩首。面对凌云壮志无从实现，才华横溢无处施展，欲壮大国家却被诬陷图谋篡位造反，面对骨肉相连的兄弟为保全自己皇位而苦苦相逼，甚至赶尽杀绝的行为，心中悲凉无以言表。而他没有惧怕七步之遥的死亡，他依然镇定，处变不惊，区区七步，吟出流传千古的《七步诗》，将满腔悲伤倾注于诗歌之中。他面对自己无数慷慨上书从未被理解接受却永不言弃，面对兄弟叛离和死亡依然镇定。他最终抱憾而逝，没能实现政治上的抱负，但他一直是我心中才华横溢，值得尊敬的英雄——曹植，心怀良知，壮志凌云，处变不惊，坚定不移。

　　秦末楚汉，他是勇猛神将，年少时立志取代始皇，巨鹿之战大破秦军主力，所向披靡，然而垓下兵败，兵马不足，粮草殆尽，必输无疑。然而他并未惊慌失措，最终挥刀自刎乌江……其实他从未放弃他的志向，他仅仅放弃生的机会，因为无颜见江东父老。他没战胜汉军一统天下，但他一直是我心中独一无二的神勇霸王——项羽。

　　也有写下"至今思项羽，不肯过江东"的她，出生书香门第，饱读诗书，才力华瞻。然而多年之后，新旧党争，各种波折磨难接踵而至，她不得不开始了颠沛流离的生活，遭受无数坎坷变故。但她仍是那个意志不沉、热爱诗词的美丽的她，未被生活的苦难打垮。处变不惊，坚定不移，反而更加热情创作的她，写下了"欲将血泪寄山河，去洒东山一抔土"的诗句表达对故国山河的怀念。最后她悄然辞世，怀着对死去亲人的绵绵思念和故土难归的无限失望，孤苦凄凉。但她永远是我心中以笔为武器，出淤泥而不染，无畏一切坎坷的女中豪杰——李清照。

　　他们是我心中的英雄，不是因为他们流传千古的诗词曲赋和赫赫功绩；而是因为身处困境、历经难以逾越的坎坷时想到他们，我不再惊慌失措、摇摆不定。我会沉静下来，继续自己追逐的梦想，像我心中的英雄一样，处变不惊，坚定不移。

古今"异议"弄斧之人

"班门弄斧"：在鲁班门前舞弄斧头，比喻在行家面前卖弄本领，不自量力。

柳宗元在《王氏伯仲唱和诗序》中写下"操斧于班、郢之门，斯强颜耳"。李太白墓，采石江头，往来诗人，题咏殆遍，梅之焕愤然题下："采石江边一堆土，李白之名高千古；来来往往一首诗，鲁班门前弄大斧。"

班门弄斧似乎是贬义的，揭示弄斧之人的骄傲自大，自不量力，暗讽在权威面前卖弄本领的自以为是，不知天高地厚。

然而班门弄斧真的这么令人鄙夷吗？其实不然。班门弄斧，亦可以是一种勇于挑战的表现，亦可以为人所歌颂与钦佩。

古希腊著名科学家亚里士多德提出不同重量的物体，从高处下降的速度与重量成正比，重的物体一定较轻的先落地。亚里士多德的理论从未受到怀疑和指正。然而近两千年后，意大利物理学家经过再三观察、研究、实验，发现如果将两个不同重量的物体同时从同一高度放下，两者将会同时落地，于是伽利略大胆地向大家看来天经地义的亚里士多德的观点提出挑战，在比萨斜塔用2个不同重量的铁球证明了：物体做自由落体运动时，不因重量不同而呈现不同速度，推翻了两千年来一直被视为真理的理论。挑战，并战胜了权威。

波兰天文学家哥白尼大胆否定了教会权威，提出日心说，大胆反对教会的宇宙观。意大利科学家布鲁诺为了捍卫日心说不惜献出宝贵的生命。他们为了真理不惧牺牲，为了真理不懈努力，为了真理无所畏惧挑战权威。他们的精神值得敬佩。

日本指挥家小泽尔征比赛时在评委面前坚持指出乐谱中的错误，以充分的自信和严谨的艺术态度，最终获得了成功。

班门弄斧，可以鼓励人们大胆表现自我，敢于显露自己的本领，挑战权威。班门弄斧也是一种勇气，一种突破，一种难能可贵的精神。既然有心，必有行动。没有绝对正确的事，没有毫无瑕疵的理。

然而一切的一切，都可由敢于"班门弄斧"的能人贤士，填补空缺。

所以班门弄斧，也并非只能被赋予最初的意义，如今，班门弄斧也应被冠以勇气与自我相信的神圣意义。

身后的远方

　　岁月花开花落，人生长亭短亭。很多人坚信，人生便是面朝远方，步履不停。但我想说，请别忘了停步，别忘了你身后，也存在一个日益遥远的远方。

——题记

　　"这些年，岁月一直在流转更替，我亦一直在迁徙改变。从古朴的树，到喧闹的地；从淡泊闲逸的桃源，到锦绣如织的尘世，得到了许多，亦丢失了许多。那些无言的时间，仓促离去，只能默默送离"。偶然读到白落梅的一句随想，感触颇深——这或许就是许多人的人生，如愿以偿地邂逅华丽现世，却在无意之中丢失曾经山花朗月的无限美好，直到蓦然回首的那一刻，才幡然醒悟，追悔莫及。

　　不由得想起他，想起他十几年淡然而执意地等待，想起他十几年默默无言地守候……

　　至今仍清晰忆得，忆得青石板路，阡陌纵横，我们高声欢笑，肆意奔跑；忆得柳溪梅畔，村落路亭，不远处屋瓦间炊烟袅袅，泥土的芳香在鼻尖萦绕；忆得那些浸润在日光蝉声里动人的故事；忆得倚靠在老桂花树下的他的笑，格外慈祥。

他短发干练，身板坚实，每日忙完活计，总是惬意地倚在村头的桂花树下，点燃那与他相伴几十年的烟袋，笑容可掬地望着生机盎然的一片田。他浓密的胡须会不由自主地俏皮地跳舞，引得躲在不远处的我们大笑不止，这时他总是挥手把我们引到树下，不紧不慢地讲那些老故事。他总说，我们就像他的孩子。确实，他待我们就像待他的亲人。我们不知道他的名字，因为那棵桂花树，我们常叫他"阿桂爷爷"。

"阿桂爷爷"其实有孩子，只是早在几年前便远走他乡，每逢过年时才回到这里，匆匆地回，匆匆地走。因此每一年的重逢，阿桂爷爷都格外珍惜。每一年的那几天里，阿桂爷爷的饭桌上总是难得地摆满了饭菜，对比平日里咸菜泡饭的生活，有种不可名状的辛酸。

后来，我离开了这方土地，难得常有机会拨通长途电话，问候一下这片故土。最近一次回家已是一年之前，不再务农的"阿桂爷爷"伛偻着背从里屋出来，满脸疲惫，瘦弱不堪。他看了看我，我看了看他。看他花白的胡须依然俏皮地跳起了舞，我竟热泪盈眶。听外公说，十几年里，"阿桂爷爷"始终孤身一人。每逢过年，他总是婉拒别人的邀请，搬一条长板凳，倚靠在门边，静静地望着儿子回家时会走过的，通往村口的那条路。难怪，他见到我，就像见到了新希望。

其实这个世界上，有很多"阿桂爷爷"。在这个世界上，有很多人像他的儿子那样，在锦绣如织的尘世里，拼尽全力追逐着眼前的繁华，却忘记了身后那一片灵魂的归处，那一处深情而焦灼的等待，那一声悲伤而无奈的呼唤……

真的，我们已经走得太远太快，是时候等等了。等到有一天，我们赏遍似锦繁花，看尽苍翠烟柳，我们最惦念的还是家乡清风明月里的细水长流，还是家乡那位等在村口的"阿桂爷爷"会俏皮跳舞的花白胡须。

身后的远方，依旧浸润在日光蝉声里，山河简静。

老桂花树静静伫立在田边，花开花落不知几载。

恍惚间，那条始终不敢荒芜的归家路上，传来了依稀的脚步声……

答案在风中飘荡

我记得那是在绿茵镇，阿甘站在铺满落叶的屋前，说了这样一句话："我不知道，是不是我们每个人都有一种命中注定，还是我们生命中只有偶然，像在风中飘。但我想，也许两者都有吧，也许两者同时在发生。"

微风从身边经过，匆匆远走。命运的答案在风中飘荡，常常令人难以捉摸。

但还是请你坚定地走下去，无论是穷途末路还是一马平川，步履不停。或许到不了路的尽头，远方的风景，就早已明朗了。

记得那天傍晚微风习习，马路上来往的车辆不多，公交车站里等车的人也寥寥无几——这么快，又是一年过去了。

七十四路公交车迟迟没有出现，突然响起的手机铃声打断了耳机里单曲循环的音乐，陌生号码，似乎是一个越洋电话。迟疑着按下接听键，电话那头很嘈杂，但我还是无比清晰地听到了分别三年后她字正腔圆的英式发音："Happy new year."

J算得上我的发小，小学时的每个周末，十五分钟的自行车程，风雨无阻地到她家里看英文原版电影。《出水芙蓉》《死亡诗社》……一抽屉的原装碟片里，最喜欢的，还是那部经典《阿甘正传》。永远不会忘记那个开场，那是在萨凡纳街边公交站的长椅上，阿甘踩着沾满泥土的球鞋，小心翼翼地捧着那盒送给珍妮的巧克力。记得那时一字不漏地背下了阿甘的开场白："我妈妈常说'人生就像一盒各式各样的巧克力，你永远不知道下一块将会是哪种'。"我还知道了一个名叫鲍勃·迪伦的歌手，他写了一首惊艳全世界的歌，我一直认为，这首歌的歌名能贯穿包括阿甘在内的好多人所有的经历和故事，它叫《答案在风中飘荡》。

也不知是命中注定还是偶然，突如其来的分别是在初二暑假，J在电话里告诉我，她要去加拿大留学。才知道J早在半年前就从学校休学苦练英文，每天早上六点出门，晚上十点回家。在机场告别的时候她对我坦言没想到出国需要付出这么多的努力，但最后她还是微笑着，挥着手渐渐消失在我的视线里。那一瞬间的她，满怀憧憬，义无反顾。虽然我们都知道，这条漂洋过海的航线就是一条通往未知方向的路；可那时的我们都不明白，命运的答案会是什么。

谁知一别便是三年。三年里，J杳无音信。

回过神，电话那头的J问我有没有回老家过年。我说："明天一早就出发了，你呢？"

"我想回家，"我不知道J站在大洋彼岸零下二十度的冰天雪地里有没有落泪，"可是我还不能回来。"

之后的通话里，陆续得知，她正在一个靠近北极圈的加拿大小镇，气温时常会零下二十度，冬天的积雪总到膝盖那么深。初来乍到的时候，听不懂日常交流，看不懂全英文教科书，唯一能做的只是每天学习到深夜。在这个本就人烟稀少的国度孑然一身，只有深深的孤独和不知所措，只有时常的自我怀疑，答案无处可寻。

"但你知道吗？这么多日子过去了，我一直咬牙坚持着，一切好像开始明朗了。每次我感到崩溃的时候，总会有一个理由让我重拾走下去的勇气。既然当初那么渴望这种闯荡的经历，毫不犹豫地来到这里；既然已经做出了这个选择，就好好走下去吧，不管这是偶然还是命中注定，阿甘不是说过，也许两者都在发生。不管下一块巧克力是什么样，先努力前进吧。"J没变，还是和从前一样，即便在困苦彷徨的境遇里，也能在蹒跚前进的路上找到正确的方向，重新变回那个乐观开朗的人。

七十四路公交车远远驶来，匆匆登上方才停靠的车，望着窗外熟悉的城市，眼前一一掠过街道两旁温馨的新年布景。马路对面的十字路口，站着两个与我和J年龄相当的女孩，似乎刚刚从辅导班下课，正结伴走在回家的路上，背着双肩包，围着厚围巾、戴着毛绒帽，于寒风里等着人行道那头的绿灯亮。怔怔出神，仿佛看到在那个异国他乡的小镇上，少有人烟，冷清静谧，裹得严严实实的J走过堆到膝盖处的积雪回家，在暖气炉旁埋头温习功课，努力学习的身影。寒风中，灯影里，一切的迷惘，似乎有了答案。

我记得J初中时很喜欢读三毛的书，其实J和三毛在某种意义上是相像的，像那本《雨季不再来》中三毛对于年少时光的自述。她们都在正青春的岁月里拼命向往着外面的世界，却也同样于抵达之后方知其中的不易与艰辛，启程回家的念头熄灭又重燃，循环往复……但美好的是，终是在一次次的坚持之中，找到了自己的答案，从此更加坚定地以梦为马，行走天涯。

"人生就像一盒各式各样的巧克力，你永远不知道下一块将会是哪种"。

"那我的命运是什么，妈妈？"

"这个问题，你要自己弄明白。"

人生或许就是这样，一半是海水，一半是火焰，彷徨漂泊是再寻常不过的事情。有时候，或许只有那种在迷茫之中也始终坚信的心态，才能在沿途的土地里开出似锦繁花。也只有这样你才会发现，那个所谓杳无信音，始终寻觅无果的答案，其实就在迎面吹过的微风里，触手可及。

你要懂得，答案就在风中飘荡，自己的命运，要自己去弄明白；没有值与不值，没有对与不对。因为人生的方向，从来就没有标准。找一条适合自己的路，坚定地走下去，是穷途末路还是一马平川，都要无悔。

谨以此，祝福已经找到答案的J。

愿你我无悔。

山花朗月，一往情深

何尝不知道，适者生存，胜者为王。

但他只是无畏时代巨轮的无情碾压，一往情深地守望着。

——题记

黛瓦青墙，阡陌纵横，树木林立。午后的时光鲜少有行人走过，格外宁静，却不失温暖。故事就发生在这烟雨江南的一角，从此在我的记忆里无数次重现。

窗外的景色一一掠过，停步在一处人家。迎面走来一位精神矍铄的老人，步伐健朗，笑意盈盈，言语之间，打开这扇通往那方世界的大门。

注定他要与它结下不解之缘，在父亲与老师的影响之下，他自幼扎根石雕艺术的土地，天赋异禀，技艺超群。对石雕艺术始终不渝的热爱，他走进了人生第一个站点——中国美院的大门。

毕业之后不忘初心，他来到了这个故事开始的地方，邂逅了这片青色的美丽，从此深爱不已，始终不弃。当国营瓷厂不再运作，曾经一同工作的朋友各自另谋生路时，内心的不舍和坚定，让他继续停留在这里。将儿时便烂熟于心的雕刻艺术，与青瓷技艺相融。青瓷雕刻厂的建立是艰辛而困难的，但他初心不改，苦心经营，小心翼翼、拼尽全力地守护着自己的青瓷世界。

那个漫长不易的过程，他娓娓道来。选采最具可塑性的泥土，舂细、淘洗、沉淀，反复翻扑，敲打踏练。不借助现代化的机械生产，亲手制胚似乎成了一种习惯，脚踩踏板，娴熟地转动起那个古旧、斑驳的转盘，待它停下的那一刻，即是一个胚体的完美呈现。修平、磨光、钻眼、曝晒，沉浸于此，即便是烦琐无味的工序，也因热爱而倍加生动。青瓷的姿态更是在他的刻刀之下不断变换着，人物、动物、花鸟、古兽，甚至熏炉和茶具。一件件精雕细琢的半成瓷器送入窑中，每每熊熊火光熄灭之后，总会出现属于他的奇迹……

犹记在那间朴实无华的工作室里，眼前掠过那低沉的苍翠，灵动的青绿，精致的浅灰，耳边响起此起彼伏的钦佩赞叹声。难忘里间角落里雕塑工艺与青瓷的完美融合，青瓷界堪称经典的创新之作。十八罗汉，有的清高自赏，有的威而不怒，有的安详瑞庆，有的满面笑容……世间难寻如此逼真动人的艺术。面显凶煞的钟馗，单手伸前，张开手掌，降妖伏魔之态惟妙惟肖；持瓶观音，庄严慈祥，秀美端庄……

　　记得之前看窦文涛老师的《圆桌派》，其中一期的话题叫"匠人"，说起匠人和艺术家之间的不同：匠人往往拜师学艺，贵在传承，即使百年之后，大多仍是一切如初；而艺术家，他们永远不能重复自己，强调独立的思考，创新胜于一切。

　　而对于他，我想他更多的是把这本来矛盾的两端融为一体。毋庸置疑，他是个真正的匠人，敬业、坚守、精益求精。但他也从未停止慢慢往前，始终怀揣着"小的器物，美的追求"这个信念，从老旧的土壤里，开出似锦繁花。

　　纵使一切的境遇并不似原本想象中美好，所到之处也不是梦寐以求的唯美天地；纵使贯穿始终的，只有无尽的孤独，不明朗的前方——眼看着曾经一起拜师学艺的同窗，纷纷放弃传统技艺，而满载而归；眼看着自动化、流水线逐渐取代了费工费料的传统制法……他也曾经彷徨无措，犹豫不决，怀疑过自己，但却在矛盾之中生起憧憬，从未停止渴望前方的光芒。不紧不慢，不慌不忙，仿佛外界的一切纷扰，都与之无关。久而久之，向光亮而行，竟成了一种本能的神圣、信仰和力量。

　　或许这就是我们口中所说的现代化的工匠精神，它就是匠人们在专注中创新，在岁月里守望。或许这更是，他用一生来诠释的匠人精神，岁月将它完整地呈现在我们眼前，倍感真实。

　　沿湖而行，缓慢踱步，街道两旁店铺里，方才上完釉彩的瓶罐瓷器，在正午的阳光下显得明亮异常；手工作坊里的机器开始工作了，发出有规律的声音。眼中所呈现的一切似乎从未觉察过的安好。其实我们当下不停追逐着的远方，远远没有身后的珍贵；其实年华翩然而过，唯有最初山花朗月，朴素安静，不减风姿——这才是悠悠千年的岁月所给予我们的恩泽，而这般山水花木真正的美好，只有想要守望它们的人知道。

　　沉心思悟，在如今这般日新月异的时代，有无数遍布全国乃至世界各地的传统文化，而有的正被人们渐渐遗忘。

　　"我们叫嚣着'工匠精神'，却不能给工匠喘息之地。心里想着美妙的月亮，手中却紧紧握住了六个便士。"这是令人感触颇深的一段话。

　　因为缺失，所以守望。我们不得不承认，这世界的每一方土地上，艺术正不断革新着，新兴的艺术形式和艺术家层出不穷。但与此同时，匠人的存在却日益鲜少，影响力也逐渐微弱下来。很多人拜师学艺，却终究耐不住尘世的喧嚣，名利的诱惑，不甘这默默守望的孤独寂寞，最终于沿途出走，从此忘却曾经的凌云壮志。

　　正因如此，多少坚守古法的老字号，就这样在时代巨轮的碾压下，轰然倒下，灰飞烟灭。

所幸还有这样一群人，一群忠于文化、忠于自己的守望者，秉承着心中的责任和信念，一生、一世、一贯，即便是微风拂柳般的回响，也矢志不渝地坚守、追求。张岱说："盖技也而进乎道矣。"讲的大概就是他们这样的人吧。

无论孰轻孰重，人总得有信仰。难道他们守望着的仅仅是传统，是工艺吗？肯定不是。抛弃功名成就，只希望这些细碎的星火能够被看见，被保护，被传承。守望本身，就是工匠精神，相信那些深入骨髓的美丽和神圣，因有他们的守护，始终安然无恙。

离别总觉不舍，远望身后那个古旧的青瓷窑，再次燃起了熊熊火光。

那一瞬间，他的身影又浮现在了眼前，一把刻刀，一抔黄土，勾勒出一整个美好的世界。一份深爱，一份痴迷，几十年如一日的苦心孤诣，不爱繁华现世的绚丽美景，只爱这方山河简静的土地上，历经千年岁月的山花朗月，明月清风。

何尝不知道适者生存，胜者为王。但岁月没有辜负这位有心人。"手把青秧插满田，低头便见水中天"，这份青色的美，终究是在这时光里熠熠生辉，惊艳了世界。

他是匠人，他也是艺术家，他更是守望者。

——守望着他的山花朗月，一往情深。

比肩你的似海深情

这一刻她终于停步回望，远处那盏灯火微弱却不熄，似海深情。她突然想放缓自己急速追逐的脚步，或是往回走走……

她书桌上的习题手册又厚重了一层，不经意地挡住些许想要洒进房里的阳光，不远处教堂的钟楼敲响正午的钟声，她终于停下笔，用手胡乱按摩着酸涩发胀的眼睛。前夜与母亲的通话中仓促得知，一洋之隔的故土又一次浸润在盛夏的日光蝉声里，才恍然七月过半，而窗外的墨尔本正值隆冬，一切如常……

——在她背井离乡，远渡澳大利亚的第二年夏天，繁忙沉重的学业暂且搁置了她启程回乡的念想。墨尔本的冬天并不寒冷，落叶纷飞，万物明媚，她却突然十分怀念大洋对岸的那座细雨如丝的城。

沿途经历过升学和换季，她第一次穿着短袖，和不同国度的室友们一起庆祝圣诞节，闹腾到第二天凌晨才罢休。各自散去后才发现手机里十几个视频通话邀请，下意识回拨过去，屏幕却立刻闪现母亲略显疲惫的神情。故乡已是午夜时分，母亲披着棉衣坐在沙发里，兴奋地告诉她家乡已经下了第一场雪，雪景可漂亮了，问她今年冬天能不能回家。她随手拿起书桌上的日程表，看着圣诞前后整整十格的空缺，带着一丝愧疚，抬头对母亲说："功课很多，可能没有空当。"她没捕捉到母亲眼里一闪而过的失望，淡淡地回应着母亲的叮嘱，切断通信后便沉沉睡去。

——这一年的新年，她和朋友们一起在墨尔本的广场上，她拍下了广场上绚丽的烟火，倒过时差，兴高采烈地把视频放在朋友圈里，说："在墨尔本祝爸妈和大家新年快乐！"她觉得母亲一定会感到欣慰。

时光翩然而过，少年人学业的繁重，对新鲜事物固执而轻狂的追求，对各色世界的好奇向往和始终迟钝的情感，让她和母亲的联系，一次次停留在机械的通话与亦真亦假的朋友圈祝福里。

新年、中秋、端午甚至母亲节，她无一例外地精心编辑她的祝福，零点准时发送，内心无比充实和满足。她顺着时代巨轮的轨迹，快步行走在人生的道路之上，步履难停，从来没有想过回头眺望，更从来没有意识到母亲内心深处的真实的愿望。

岁月不断向前奔流，她与母亲之间的联系一成不变，甚至变得机械。不知从何时起，母亲节发朋友圈祝福突然间成了网络热议的话题之一，网民们各执己见，争论不休。她走在学校到宿舍间的甬道上，随手翻看浏览着话题的内容，一目十行，却仍捕捉到的几句言语，转瞬之间令她动容：

"朋友圈的祝福只是一种满足自己心理需求的表面形式……与其编辑朋友圈祝福，不如抽空回家看望母亲……"

她突然忆起留洋之前曾读过的张抗抗的《回忆找到我》里面的《感恩与愧疚》中的一段话："唐代诗人孟郊的《游子吟》，至今已传诵千年。而今天的世界，有了更多不停地走来走去、永远在路上的远行人。也许是求学，也许是谋生；既是拼搏，却也是无奈。我们把年迈的双亲留在家里，然后远走高飞，去寻找自己的一片天地……"

无论我们走得多远、离家多久，无论我们失意失败还是风光得意，总有两双饱含泪水的眼睛，始终默默注视着、追踪着我们。他们不会因你一时的荣耀而忘乎所以，不会因你长久的挫败而沮丧懊恼。他们只关心你是否健康快乐、能否顺利成长。

"他们只有一件事藏在心里不说：'孩子，你什么时候能回家看看？'"

她眼见身边的同伴们，同样与家人隔海相望，几百个日夜未曾回家探望；她想起朋友圈里每逢佳节，各色各样的祝福令人眼花缭乱；她忆得梁文道的《常识》一书的"浮躁是这个时代的集体病症"。这个时代，何尝不在极速前进中悄然改变呢？世俗的喧嚣如水面的涟漪，时代巨轮无情地碾压而过；岁月花开花落，人生长亭短亭。时代的巨流河极速奔腾，很多人随波逐流，执意前往，急速奔跑，步履不停，只为了远方那个炫目荣华的世界。于是，他们淡忘了身后，也同样存在着一个日益遥远的远方。那个世界日益遥远，却始终存在着，亮着一盏微弱却不熄的灯火，永远等待着游人的归来。

就如她曾摘录下的一首诗所吟唱的："一座城的灯光只能远望，一个身子走进去，影子太多，形同绝望。不能说出的是，还有一盏灯，于千万灯火里，让我每望过去，就已经泪湿眼眶。"

她想或许只有家的灯火，才有如此神奇的力量吧，千帆过尽，他们依旧相陪，尽管一次次目送游子的背影，却也一如既往在家的路口，等候他们的归来。

"陪伴是最长情的告白"，这句话她原本不以为然，然而如今看到网友的言论，她不由地审视两年来面对母亲的百般思念却淡漠处之的自己；她渐渐深信，母亲内心深处的愿望，并非朋友圈里隆重而形式化的祝福，而是孩子能够在闲暇的时候回到她的身边；她开始希望，自己能为母亲做一桌饭菜，洗一次脚……嬉笑也好，怒骂也罢，只要一切都是记忆中温馨的模样。

这一年夏天，她终于登上了回国的航班。飞机一落地，她便背起背包，冲向早已在出口盼望她归来的母亲。这一刻，她也终于卸下了前些日子的迟钝和冷漠，作别了那个为了追逐繁华绚烂的远方而只身奔跑，不曾回望的自己；现在的她，只想循着身后这盏灯火的方向，和母亲并肩走在未来的道路上……

那一天夜晚，她坐在经母亲擦拭后一尘不染的书桌前，写下这样一段话："那盏为我而点亮的灯火，终于在我的眼前，燃烧着始终不熄的火花，深情似海。现在的我，只想放缓自己前进的脚步，或者回头朝着母亲的方向走走。即便如花美眷敌不过似水流年，我也要竭尽全力，让她的似海深情，比肩我记忆里最美的如歌岁月。"

刍议"摊贩经济"

至今仍记得七年前去台湾游玩的情景，华灯初上的台北，因为士林夜市的准时开张而热闹起来，热情的摊贩们忙碌在摊位前，招徕着客人；也记得故乡小城市的老邻居吴伯，在同一条街上推着他的糖水摊叫卖。数量庞大，鱼龙混杂，零星分散，污秽破败——现实残酷的将一个又一个含带贬低意味的标签，贴在了街边小摊的身上。但我们必须要承认，从草市初起的南北朝，时至贸易发达、都市繁华的今日，摊贩一直在我们的生活中，扮演着必不可少的角色。

无论是在灯火通明的街市边不易觉察的角落，步行街的路边，还是放学、下班后近在咫尺的沿途，我们都应默许他们的存在。我们该明白，摊贩与城市之间，需要的是协调和管理，而不是明令禁止。

说到管理，我们不难发现，如今城市的各个角落，城管和商贩"猫抓老鼠"的游戏仍层出不穷。首先，城市应对流动摊贩的治理改"禁"为"限"，让城管和摊贩之间的关系更加和谐。其次，城市相关部门可在各个区域划分出摊贩集中点，让摊贩集于一处进行交易，可以较好地解决"零星分散"的问题，改善城市面貌。除此之外，像夜市一样规定买卖的时间也是值得考虑的措施，能够让摊贩市场更具统一性，使其秩序规范。当然最重要的一点，便是严查摊位的安全、卫生问题，尤其对于食品类摊位，一旦有违规定，要采取相关措施。

几十年的凉粉和糖水，生意不温不火，勉强补贴家用；还记得儿时外公领我去的集市，小区门口卖鸡蛋煎饼的老爷爷，守着神奇百货铺的老奶奶……一直以来，摊贩在我的心目中，都是一种温暖的存在。

"摊贩经济是一种历史现象，是市场经济的主要组成部分，解决民生问题，完善城市功能，传承工艺……""请把摊贩合理化！"偶然翻看到的论坛上的这些话，似乎道出了我的心声。

慢行

时隔多日她终于明白，人生最美好的去向，或许不是随波逐流，急速前进，而是心怀远方，慢慢前往。

——题记

她书桌上的习题手册又厚了一层，不经意间挡住了想要洒进房里的阳光。

窗外，立交桥上的车辆毫不停留地穿梭奔波，正是窗内的她刷题的节奏。

她飞速地在演算纸上早已画好的坐标系中勾画出几道交错的图线，变成习题册上寥寥几笔数字，循环往复，无休无止……

不远处的钟楼敲响正午的钟声，她终于停下笔，用手胡乱按摩着酸涩发胀的眼睛。

不知何时起，她似乎陷入了一种不见尽头的循环。她从书店背回的教辅书撑满了整个书包，她用掉了数沓十几厘米厚的演算纸，集满了几把废旧的水笔笔芯。她写的字因为追求快速而变得字迹难辨；她的内心因为快步前行而总是怅然若失。她再难以细细品味一本书甚至一篇文字的精妙玄机，一目十行的碎片化阅读似乎更适合她的日常作息。她不再如昔日关心沿途的各色风景，而是在傍晚璀璨的夕阳里，跟随一排排自行车汇成的钢铁洪流滚滚向前奔腾而去，一枝一叶早已化作心中的遥远记忆……

她好像始终疾速奔腾在喧嚣不已的城市和时代里，随波逐流，渐行渐远，而乐此不疲。

一天，她的耳畔传来了悠扬的旋律，正是木心先生的

《从前慢》：清早上火车站，长街黑暗无行人，卖豆浆的小店冒着热气。从前的日子过得很慢，车、马、邮件都很慢。日子过得慢，一辈子只够爱一个人，一生只能做一件事。

　　她内心涌起的强烈渴望冲破了她记忆的闸门。她忆起那年春节，大年初一的鞭炮声此起彼伏，她伏在外公的工作台上，在答题纸上飞速写下一个又一个选项。外公对她讲起他小时候做题的经历。寥寥几本教科书，一支旧钢笔，一个缝缝补补的旧布包；放学后，写完作业，背完书，便飞奔到田埂上、池塘边、集市里，享受一天专注求学后的欢愉。"哪会想到如今十几岁的孩子会有这么多的题要刷，还刷得那么心不在焉……"

　　她又想起在母亲的书柜里偶然见到的数学教辅书，那是母亲读书时唯一的习题册，书页已经泛黄，字迹依稀难辨，几乎所有书纸的页眉处都泛起了毛边。它被母亲用一张牛皮纸仔细地包裹着，破裂的地方无一遗漏地用透明胶修补好；书中密密麻麻地写满详细的解题过程，墨色各异，墨迹浓淡不一，页脚处有深深浅浅的折痕……

　　她开始意识到自己过往日子里的彷徨无措、庸碌、急于求成的心理时刻在作祟，快马加鞭的盲目刷题状态令自己蒙蔽而混沌。

　　——她的心里萌生出一种想法：似乎是时候，去改变一下自己了。

　　其实，这又何尝不是刷题者的集体病症呢？盲目刷题、追求速度，不正是源于那些急于求成的心态，不专注且浮躁吗？"现在的很多年轻人，三年跳两次槽，一年跳三次槽；那种耐下心来，不急不躁不赶地去做一件事，这样的气质现在太稀缺了。"《我在故宫修文物》纪录片导演萧寒如是感叹，"我们被惯性和无明推得快速甚至踉跄的脚步突然让我们意识到，认真地慢下来是如此可贵。"

她终于豁然开朗：其实学习上也用不着每天刷那么多的习题，应该不急不躁地把一类题目真正搞清楚，触类旁通而取得更高的效率。她心中的那个想法，也在这之后，变得更加明朗坚定了。

窗外的阳光依然明媚，温暖的房间窗明几净，她书桌上堆积如山的习题册早已不见，只剩下演算纸上工整的字迹。日光里，灯火下，她仔细地写下每一步解题步骤，揣摩每一种不同的方式和途径，在做出选择之前慎重思考，一如母亲年少时为梦想而刻苦追逐的模样。间隙里，她拂去书架上的灰尘，重新捧起她曾经视若珍宝的纸张，用笔写下每一句令人感触的文字。她也在闲暇之余骑着单车四处走走停停，用相机定格每一处兀自绽放的美景……

在她最喜欢的一本书里，三毛说过："人生真正的快乐和成就，不是狂喜，也不是苦痛，而是碧海无波，细水长流。"

而她也终于明白了，人生最美好的去向，不是疾速奔驰，而是心怀远方，缓慢前往。

生活随笔

龙溪漂流记

　　又是阳光明媚的一天，我异常兴奋，因为我要去金华市磐安县的龙溪漂流。我早早地起了床，准备好行李，就和爸爸、妈妈、叔叔、阿姨一起向磐安进发。一路上我问长问短："妈妈，这龙溪的水有多深啊？""爸爸，在龙溪里可以游泳吗？"……各种各样的问题从我的嘴里接二连三地蹦出来，就像一只小麻雀一直叽叽喳喳。终于，我们抵达了龙溪，我迫不及待地和一个刚刚认识的妹妹奔向龙溪漂流服务处去领救生衣，然后快速跑向龙溪去漂流了。

　　哇，龙溪的水清澈见底，两岸绿树成荫，空气清新甜润。我和妹妹很快坐在了橡皮艇上。一开始，我们慢慢地在溪中漂着，悠闲自如。我们还没享受够这样的美好时光，前面突然出现一个瀑布，"哗"的一声，我们的小艇顺着瀑布往下掉，溪水无情地溅在我们身上，我和妹妹的衣服全部都湿透了，变成了两只"落汤鸡"，我们俩都哭笑不得。接着我们吸取了教训，都牢牢地抓住艇上的"扶手"，后来才没有像开始一样"悲惨"。妹妹说"咦？前面的人怎么……"还没等妹妹说完，其他的人已经舀起溪水朝我们泼来，我们再一次悲惨地"遇难"。不过，这次我们并没有吃亏，一场激烈的打水仗拉开了序幕，泼我们的一个大伯伯被我们的水枪打成了"落汤鸡"，一位叔叔被我们打得差点儿掉下船去，见此状况，我们赶紧"扬长而去"，逃过了他们的反击。"哈哈！我们成功啰！"我和妹妹异口同声地喊道，我们巧妙地躲过了攻击，这使我们兴高采烈。我们打完了水仗，就开始欣赏岸边的风景：岸边长满了桑树，桑叶绿油油的，我真想把我可爱的蚕宝宝安家在这些桑叶上；还有一些不知名的小树，它们的枝条随风摆着，仿佛在跳舞蹈；蒲公英在风姐姐的帮助下让自己的孩子去独自安家；一只顽皮的小蜻蜓在我的身边绕来绕去，把我弄得头晕眼花……这美丽的景色真让我陶醉！

时间渐渐从我们的身边溜走，我们马上要告别这景色宜人的龙溪了，在美丽的晚霞里，藏着我们的恋恋不舍，藏着我们对龙溪的喜爱之情！

（写于2010年7月）

千岛湖游记

自从在学校的地方课程课上看到千岛湖的美丽图片，我就期盼着到那边一饱眼福了。如今，终于如愿以偿了。

今天，我和爸爸妈妈一大早就起床，收拾好行李，就向千岛湖进发。经过三个多小时的车程，我们到达了千岛湖畔。我被眼前的景色惊呆了！在蒙蒙的云雾中，远处的几座小山若隐若现，微风频频拂过，湖水泛起层层涟漪。我沉醉其中，直到妈妈叫我，我才如梦初醒回过神来。

下午，太阳懒洋洋地照耀着大地，使人情不自禁地想要躺在床上睡午觉。而我呢，却兴奋不已，为什么呢？因为我要乘坐着游艇环游千岛湖，并且要去猴岛玩。游艇飞快地划过水面，在水面上留下了长长的踪迹。过了一会儿，游艇又加速了，水面上卷起了小浪花，有些小水珠还调皮地蹦到了我的脸上，我感觉凉凉的。

终于到猴岛了，我迫不及待地打开船门，跳到甲板上。这时，大大小小的猴子已经跑了过来，用渴盼的目光看着我们，好像在对我们说："给我一点儿吃的吧！我饿坏了！"我拿出几个令人垂涎欲滴的葡萄，用力往岛上一扔，树上的猴子非常敏捷，抓住一根长长的树枝，用腿一蹬，奋力一跳，一转眼就把它抢走了。我相继把葡萄扔了上去，猴子们争先恐后抢着。抢到东西的猴子吃得津津有味，而没抢到的猴子只能用羡慕的眼神看着它们把好吃的食物吃得一干二净。当猴子们还沉浸在欢乐中的时候，不知哪只猴子大吼一声，小猴子听到了抱头鼠窜，连大猴子也吓得一声也不敢出。原来，是猴王来了。它长得特别健壮，又浓又密的皮毛布满全身，威风凛凛，神气极了！它朝身边的猴子瞪了瞪眼，猴子连忙把手中的食物"贡献"给了它。

有只不懂事的小猴子还舍不得手中的美食，但猴王二话不说把食物夺走了，小猴子伤心至极，都"哭"了！实在太有趣了！

时间在不知不觉中流逝，马上就要返程了，我恋恋不舍。我真舍不得离开这美妙的地方，我真留恋这景色宜人的千岛湖和精灵可爱的猴子们！

（写于2010年11月）

诗意的邂逅

还记得那天，烟雨迷蒙，在一片朦胧诗意里，我与你，偶然邂逅。

——题记

秒针始终不停它机械规律的脚步，时针也在不知不觉中一圈圈地走着，时光的轴不停旋转，永不停歇。孔子说，逝者如斯夫，不舍昼夜。弹指间，又是一年。伴随着对新年的期待与憧憬，寒假已临近。

按捺不住兴奋的心情，趁着寒假，怀着无限期待，邂逅江南水乡——嘉善县。汽车缓缓停在路边，走下车，一条弯曲的石板小路映入眼帘。薄雾笼罩，小雨淅淅沥沥地下着，滴落在地面上，溅起晶莹的水花。小路两旁的建筑粉墙黛瓦，别有韵味，仿佛通往仙境的蹊径，散发着一种强烈的神秘感，深深地吸引着我。

沿着这弯曲小路向里走去，两旁的青色围墙里，镶嵌着一扇扇略显陈旧、刻画着岁月斑驳的木质小门。不一会儿，面前出现了一条小河，没有瀑布飞流直下的雄伟壮观，没有波涛汹涌澎湃的奔放洒脱，也没有碧绿深潭的波光旖旎，更没有蔚蓝海洋的浩瀚无边。河水流淌，清澈纯净里投射出岸边树木的倒影，一片生机盎然的绿。走过那古旧的木桥，一座宁静祥和的小镇神奇地出现在我的眼前，宛若人间仙境，炊烟袅袅，一片美好。一条幽静的小河镶嵌在田野中，弯曲向前，望不到尽头。河面上，停泊着一叶小舟，远处，一个船夫划着一艘小船缓缓行驶着，所经之处，泛起一层层涟漪，波光粼粼。一排排古色古香的建筑，静立在河边，远处的街道，在薄雾中隐隐约约，若隐若现。街边的商铺数不胜数，但它并没有给我一种城市步行街的繁华，而是那最古老的、最珍稀的淳朴，让我感到充实、美好与幸福。漫步在古镇的街上，小镇的居民们脸上都洋溢着灿烂的笑容，给人一种温暖幸福的感觉。一阵熟悉的香味扑鼻而来，一家店铺出现在身旁，老奶奶慈祥地笑着，那豆酥糖的香气勾起我的回忆，我不禁走近，没有华丽精致的包装，没有夸大其词的宣传，纯手工的制作，没有融入任何多余的材料，虽没有精致的外表，但却散发着最纯粹的香味。我丝毫没有犹豫，买了豆酥糖，拿起一块塞入口中，一丝清香在口中晕染开来，流连在舌尖，熟悉的味道充满口腔，在脑海浮现。"奶奶你做的豆酥糖真好吃！"嘴里嚼着豆酥糖，我含糊地说。老奶奶笑了笑，让我等一等，转身拿起还未完成的半成品，细心地做完，动作娴熟而流畅。刚出炉的豆酥糖似乎还冒着热气，像极了小时候外婆给我做的豆酥糖。"小姑娘是慈溪人吧。"我惊奇地抬起头，老奶奶笑着说："豆酥糖不是所有人都能吃到的东西啊，只有我们三北人才真正了解它啊！"临走时，老奶奶执意送了我一包豆酥糖，她说在异地他乡见到家乡人是一种缘分。走在西塘的青石板路上，手中的豆酥糖还冒着热气，口中的清香还久久没有散去，充盈在周围的空气里，萦绕在我的心里。不知不觉，夕阳已西下，街道上亮起了灯，淡淡的橘色灯光，传播着温馨与美好，幸福溢满心房。

江南水乡，优雅古镇。在这个科技迅速发展的社会，能邂逅这样淳朴、纯粹、真实而美丽的地方，我分外高兴。

永远记得，豆酥糖令人垂涎的清香；永远记得，那温暖而美丽的橘色灯光；永远记得，那风光旖旎的醉人景色；永远记得，那天午后，烟雨迷蒙，在一片朦胧诗意里，我与淳朴而真实的你，偶然邂逅。

（写于2012年3月）

绍兴东湖

　　人们都说桂林山水甲天下，但我们浙江绍兴的东湖也被人们称为"天下第一大盆景"。现在，就让我带着你们一起走进绍兴东湖，去细细感受一下它的美丽吧！

　　我游览过闻名遐迩的青海湖，欣赏过清波荡漾的楠溪江，却从未见识过像东湖这样的湖水。东湖的湖水真绿啊，绿得像一块精美别致的碧玉；东湖的水可真静啊，静得像一面镜子，我们乘坐的乌篷船在湖面渐渐地滑过，淡淡的水纹荡开去，一眨眼就消失了，几乎不留一点儿痕迹；东湖的水可真凉啊，坐在乌篷船上，探手下去，一股沁人心脾的凉意立马游遍全身。

　　绍兴是江南的水乡，水乡自然是船的世界。我坐过海上的轮船，乘过江上的竹筏，但东湖上的乌篷船却是第一次见。远远望去，这里的乌篷船或行或泊，或独或群。行于水上的来去轻快，泊于岸边的娴雅如画，独自横舟的孤傲不群，成群结队的浩浩荡荡。走到近处细看，东湖的乌篷船可真长啊，长得可以容纳两个小孩躺在上面，正如陆游说的"轻舟八尺，低篷三扇"；东湖的乌篷船可真窄啊，窄得只容许一个人在船里走动；东湖的乌篷船可真低啊，低得只能或坐或躺，不能直立。我想，乌篷船是水乡的风景，更是东湖的精灵。

坐着这样的船荡漾在碧绿的水中，再加上洞深、岩奇、湖洞相连，绍兴的东湖真可谓湖光山色异样锦绣！

（写于2012年4月）

这一天，来到了这里

这一天，我们"春夏秋冬"来到了这里。

一块块粗糙的钢铁青铜，一声声铿锵有力的声响，与铸剪师的汗水混合在一起，摇身一变，成了我们已习以为常的一把把普普通通的剪刀。

一张张并不稀奇的彩纸，一笔笔栩栩如生的装点，与做扇师傅灵巧的双手合二为一，浑然不觉，成了炎炎夏日为我们解暑的小扇子。

一根根平平凡凡的竹子，一个个精巧仔细的步骤，与制伞师傅专注的眼神融为一体，转眼之间，变成了一个个精致的伞架，再加上糊伞的师傅的点缀，一把把绸伞、油纸伞展现在眼前，无论是高山绿水，还是鸟鸣蝶飞，都是那么漂亮，那么楚楚动人。

离开这令我们受益匪浅的手工艺活态展示馆，来到了令人期待的刀剪剑博物馆。

剪刀，各式各样、琳琅满目。有的我们早已熟视无睹，有的却素不相识。

刀，身小却拥有强大威力的匕首，还有锋利无比的菜刀，有的虽然已经随着岁月的流逝慢慢生锈，但仍然在灯光的照耀下熠熠生辉，依旧透露着神秘的气息。

剑，想必是中国古代的历史文化了。一把把锋利、修长的剑映入我们的眼帘，在大同小异的相貌下，却各自拥有不平凡的来历。我们情不自禁，沉醉其中……

一个个详细的介绍，一幕幕逼真的画面，使我们流连忘返。

时光悄悄从指缝中流过，离别时我们"春夏秋冬"不忘在这里留下我们的合影，真想让时间定格在这里！

注：春夏秋冬是杭州市青少年宫文学社进行采风活动时的小组名称。

（写于2012年6月）

永恒的巴黎

温和的阳光，穿过瞬息万变的云层，洒在七月的巴黎。轻柔的微风，穿透无形无声的空气，轻拂着浪漫花都。时光荏苒，记忆不变。塞纳河上，花都巴黎，记忆定格，遇见你，真好！

五点整，大巴车缓缓行驶着，透过萦绕着淡淡光晕的玻璃窗，街道上的景象尽收眼底。高贵典雅的建筑，绚丽迷人的服装，完美诠释着这个都市闻名遐迩的时尚。整个城市都沉浸在花的海洋之中，空气中弥漫着醉人的芳香。高大的法国梧桐，投射下一个又一个阴影，微风过处，开出细碎的微光。

六点整，塞纳河游船在西下的夕阳中，缓缓前进。塞纳河，它静静流淌着，就像一条碧绿的绸带环绕着巴黎，令人心旷神怡，为巴黎增添了生活的情趣，增添了许多活力。塞纳河上那些千姿百态的桥梁，仿佛在向我们诉说着那些传奇的故事和神话。坐在游船上，望着塞纳河漾起的微波，望着身边慢慢退后的街景，以及米拉波桥上热情朝我们招手的法国人，我们不禁沉醉其中。远处，一个塔顶不经意间闯入我的视野，随着距离的推移，愈来愈近。它沐浴在落日的余晖中，铜色的身影被铺上了一层金色的光，格外美丽。它屹立着，象征着永恒的巴黎。塔顶，依稀看出那里有许多游客，鸟瞰着花都全景，感受着巴黎的独特气息。这天，我终于见到了令我向往已久的埃菲尔铁塔。

六点半，游船已带着我领略了许多风景。唯独，还剩一个对我来说极其重要的地方。近了，近了，我仿佛走到了雨果的身旁，宏伟庄严的巴黎圣母院静静伫立在塞纳河畔，以前只能在雨果的字里行间才能感受到，在幻想与梦之间才能看到的巴黎圣母院，此时竟然完完全全出现在我的眼前，我真不敢相信自己的双眼，全然沉醉在这美丽的景色之中，仿佛邂逅了虽然丑陋却善良的敲钟人卡西莫多。恍然清醒过来的时候，游船已开出好远。

七点整，漫步在香榭丽舍大街。阑珊灯火映照的苍茫夜空，浮云如被点燃的青烟，轻轻飘向它所归属的地方，夜巴黎被点缀得婀娜多姿，如一位华丽的贵妇，开始她夜间风情万种的演绎。街边的法国梧桐依旧站立着，风把脆弱轻巧的叶子送落到行人的肩头以及铺满沙石的道路上。木制长椅上，挂着拐杖的老人拿出手帕擦干额头上细微的汗珠。年轻的情侣坐在一起，脸上幸福洋溢。从古老的咖啡厅到繁华的街道，现代与古典在这里交融。不远处，凯旋门无比雄伟壮观，它是绝无仅有、无与伦比的，它承载着巴黎千百年的历史，它见证了巴黎的成长，它经历劫难与蜕变，戴高乐说过，"巴黎！备受凌辱的巴黎！支离破碎的巴黎！饱经摧残的巴黎！但却是自由的巴黎！"凯旋门似乎在无声地诉说着什么，仿佛让我回到了从前，看见了当时英勇牺牲的无名法国战士，让我感受到了这个星形广场的力量所在。

最激动人心的时刻到来了，十点整是埃菲尔铁塔的灯光秀时间。我们来到了广场，街头艺人抱着吉他如痴如醉地唱着，远处动感的音乐里，年轻人跳着炫酷的街舞——此时，埃菲尔铁塔上的灯被点亮，铁塔闪烁着光芒，仿佛一颗颗钻石，映亮了头顶漆黑的夜。摩肩接踵的人，都在欣赏这每天夜里巴黎最美丽的十分钟，我们不禁为之震撼。说真的，在巴黎，不管什么季节，什么天气，不管你在哪儿，也不管有哪些建筑或是树叶，把你和她隔开，但铁塔，总在那儿守望。不得不说，"巴黎，只有一座塔的城市"——布莱兹·桑德拉斯。

记得雅克·齐莱尔说过，东升的旭日轻拂屋顶，这是白天的巴黎；而逍遥自在并为我指点方向的塞纳河，那则是永远的巴黎。

巴黎，遇见你，真好！

记忆中，那天的巴黎，格外美丽。

那，是永远的花都，永恒的巴黎……

游在西湖

　　"水光潋滟晴方好，山色空蒙雨亦奇。欲把西湖比西子，淡妆浓抹总相宜。"宋代的著名诗人苏轼在诗中说西湖就如同古代四大美女之一——西施那样美丽迷人。西湖像一颗明珠，镶嵌在美丽的杭州，使杭州别有一番韵味。究竟是不是这样呢？就让我来带领大家去西湖边看一看吧！

　　"春眠不觉晓，处处闻啼鸟。"生机勃勃的春天来了，西湖变得异常美丽了。著名的西湖十景之一——苏堤春晓吸引了很多人的眼球。漫步在苏堤岸上，呼吸着各种植物的新鲜气息，感觉空气非常清新，心情也格外舒畅。你瞧，西湖两岸翠柳成荫，一阵春风拂过，如同碧玉装饰打扮的柳树摇摆着它那细长的发丝，就像跳着优美的舞蹈。花儿们也毫不示弱，它们也争着赶趟儿，特别艳丽芬芳，五颜六色，姹紫嫣红，还没靠近它们，远远就可以闻到一种令人陶醉的香味，让人沉浸在香味扑鼻的世界里。柳浪闻莺也不甘落后，从远处看，一棵棵柳树的枝条就像泛起的波浪一样，数也数不清，偶尔从中还会传来几声响亮的莺啼声，婉转动听。

　　"毕竟西湖六月中，风光不与四时同。"火热激情的夏天来了，在这烈日炎炎之际，曲院风荷却开出了一种素雅的花朵——荷花。一池的荷叶挨挨挤挤的像一个个碧绿的大圆盘，荷花在这些大圆盘之间冒出来：有的已经完全盛开了，它们就像一个个大胆、爱表现自己的小娃娃，满脸的笑意；有的只开了一半，就如同一个个羞涩的小姑娘，犹豫着，思考着；有的还是花骨朵儿，饱胀得马上就要破裂似的，它们一定是想快一点看到这明亮美丽的世界吧！这么多的荷花，千姿百态，迷乱了我的眼睛，正是"接天莲叶无穷碧，映日荷花别样红"啊！

"江南忆，最忆是杭州。山寺月中寻桂子，郡亭枕上看潮头。何日更重游？"唐朝诗人白居易在《忆江南》中写到最忆是杭州。桂花是杭州的市花。凉风习习的秋天到了，正是满树的桂花点缀着红叶娇艳的季节。满陇桂雨，是赏桂的胜地，还没走进公园，就已经闻到了满陇桂雨公园里的桂花那袭人心脾，迷人肺腑的清香。那里的桂花清芳袭人，浓香远蜜，它那独特的带有一丝甜蜜的幽香，总能把人带到美妙的世界里去。桂花的颜色多种多样，橘黄的、嫩黄的、红色的。形状就像小星星一样，精美别致。这正如"诗情画意桂乡路，天香桂子落纷纷"啊！你瞧，那榕树在秋高气爽的日子里也不落后，在西堤小道上，两旁的榕树为自己的孩子换上了金黄的秋装，然后让它们自己去独立生活，可是这些孩子都躺在母亲身旁舍不得离去，给整条西堤铺上了金黄色的地毯，更给秋天的西湖增添了一抹韵味。

"西湖之胜，晴湖不如雨湖，雨湖不如月湖，月湖不如雪湖。""望湖亭外半青山，跨水修梁影亦寒。待伴痕旁分草绿，鹤惊碎玉啄栏干。"转眼，寒风刺骨的冬天来临了，为了探究断桥残雪的由来，我在雪后初晴的时候来到这里。昨晚，纷纷扬扬的大雪从天空落了下来，断桥上积起了一层厚厚的雪花，银装素裹的西湖显得格外妖娆。今天，阳光灿烂，断桥的拱面上无遮无拦，在雪后的灿烂阳光下冰雪逐渐融化，露出了斑驳的桥栏，而桥的两端还在皑皑白雪的覆盖下，远远眺望，难以辨别的石桥似隐似现，桥断啦！原来是桥面的灰色形成了反差，远远望去似断非断的，今天终于领略到了断桥残雪的风情了。欣赏西湖雪景，对断桥情有独钟。

西湖如此美丽，如此奇妙，就像一位魔法师，变来变去，变得越来越迷人，越来越像古代四大美女之一的西施了！

赤子爱国心，悟在文澜阁

文澜阁，一个珍藏了《四库全书》的地方；文澜阁，一个记录了中国历史的地方；文澜阁，一个讲述文澜阁本曲折经历的地方。难忘，那天早晨，听着枝头鸟儿婉转的啼叫，漫步在文澜阁里古老的石板小路上，徜徉在清朝末年《四库全书》的坎坷历史中，倾听着，他们与《四库全书》的故事。

那一天清晨，伴随着云层中透出的几缕温和的阳光，伴随着一丝清凉，轿车驶向了那富有诗意的西湖边。汽车快速地在柏油马路上行驶，窗外的景色飞速在眼前出现，消失，稍纵即逝。远处微波荡漾的湖面，映入了我的眼帘。荷花盛开，素洁淡雅，出淤泥而不染，远看去是一片绚烂的花海，伴着接天莲叶。不一会儿，汽车缓缓放慢了速度，停在了路边。

环顾四周，右侧的西湖，微波荡漾，波光粼粼。打开车门，映入眼帘的是一扇敞开的门，并不雄伟，也不壮观，门边是两棵挺拔的树。这里，便是我今天真正要游览的地方——文澜阁。我迫不及待地跨进了这扇门，一个石洞赫然出现在我眼前，仔细观察，却发现这不仅是一个石洞。左上方，是一座凉亭。微微俯身穿过石洞，有序参观着，御座房、罗汉堂、文澜阁、太乙分清之室……参观之时，我不禁感叹连连，尤其是令我感触颇深的那段历史——《四库全书》曾经的故事。清朝末年，太平军攻陷杭州，江南著名藏书楼八千卷楼的主人、出身书香门第的钱塘人丁申、丁丙兄弟此时避祸于杭州城西的西溪。一日，兄弟俩在店铺购物时发现，用于包装的纸张竟是钤有玺印的《四库全书》，他们大惊失色。文澜阁《四库全书》散失了！文澜阁书流落民间的事实使丁氏兄弟心急如焚。他们马上组织家人进行抢救。他们冒着战乱的风险，收集残籍予以保护，并雇人每日沿街收购散失的书本。如此半年，他们抢救并购回图书8689册，占全部文澜阁本的四分之一。而在竭尽

全力地搜集之后，文澜阁本还是残缺不全，于是，在浙江
巡抚谭钟麟的组织下，一场浩繁的抄书工程拉开序幕。

　　战乱的风险，生命的威胁，无数的阻挠，艰难的过程，
望不到尽头的漫漫长路……他们，却不曾停止寻找《四库
全书》的脚步。多少困难，多少坎坷，多少拦路之"虎"，
却阻止不了他们不屈、不甘的步伐。他们，令我敬佩。他
们惊人的毅力、可贵的坚持，值得人们敬仰、赞颂。如果
不是他们不顾一切地保护《四库全书》，那么我们也许不
会在这西湖边的文澜阁里，领略、了解到这些令我们受益
匪浅的知识；如果不是他们想尽一切办法保护《四库全书》，
那我们就无法见到这些记载了丰富内容的史册；如果不是
他们秉持着永不放弃的信念，那乾隆皇帝亲自组织的中国
历史上规模最大的一部丛书，就不再完整，而中华上下
五千年的辉煌历史上，就缺少了这一鸿才硕学荟萃一堂，
盛况空前的篇章。《四库全书》，是珍贵的，是举世无双的，
同时，也是历经坎坷的。

　　他们，不是驰骋沙场、精忠报国的将士；他们，也不
是辅佐朝廷、效力国家的文臣。但是，他们却为了国家的
文化，为了国家的未来，不顾战乱的危险，不惜自己的生命。
他们，不顾一切，倾尽全力。只为找回《四库全书》。

　　文澜阁之行，使我领略了《四库全书》独一无二的风
韵；文澜阁之行，让我有幸认识了他们，聆听了他们的故
事。他们，没有铮铮铁骨，却有一颗永不泯灭的爱国之心，
引领着我今后学习、生活的方向……

悠悠岁月，古新千年

　　时间，沿着树叶飘落无形的弧线，沿着微风轻抚万物轻柔的脚步，沿着火车呼啸而过后那望不尽的曲折轨道，沿着崎岖蜿蜒的环山路溜走；时间，随着西下夕阳缓慢的节奏，随着太阳月亮互相追逐的身影，在人们的不知不觉中，悄然逝去。时间，经过一条条老胡同，听着孩子们的嬉笑和院子里传来动听悠扬的二胡声，经过黄昏时的海平线，落日余晖洒在蔚蓝海面的美丽景色，但是，它却始终停不下自己的脚步。

　　转眼，时至今日，已是千年。千年里，美丽苏杭经历了一次次磨难，一次次翻天覆地的改变。转眼，昔日的江南古城已变成了一座繁华而辉煌的城市。但是，杭州依然美丽着。西湖依然被缕缕阳光照耀，风光旖旎。断桥残雪，许仙与白娘子的传说，西湖民间故事……都不曾改变。千年后的今天，我想我应该感到荣幸，时光飞逝，波光明灭，我依然可以漫步在那古老的河道边，静静聆听着，千年古新河的悠悠古韵……

　　为了深入了解古新河，我去图书馆查找了资料，知道了古新河是杭州唯一一条源自西湖的河，起于少年宫广场东侧的圣塘闸，向北穿越环城西路、环城北路后，至左家桥折向东注入运河，全长3800米，河宽20米。旧时也有把圣塘闸至环城北路混堂桥段称桃花港或桃花河的。历史上的古新河主要有两大功用：泄水和护城。古新河，是目前杭州市区尚存的屈指可数的古河道之一；古新河，是唯一一条沟通西湖、运河与西溪的河道；古新河，是一条流淌了千年的河流。它，见证了杭州历史，潺潺地流向未来，既古而新，兼具婉约与豪放。

　　随着夏天的来临，暑假的脚步也临近了。那一天午后，我带着好奇心，来到了杭州的著名河道——古新河的米市巷段。走在河边别有风情的石板小路上，听着河畔婉转的鸟啼声，望着静静流淌的清冽的河水，还有那水中徘徊的浮萍、畅游的小鱼，和湖面倒映出的万物美丽的剪影，心情格外舒畅。

　　河岸边，树荫下，老爷爷、老奶奶搬了椅子，手中拿着一把蒲扇慢慢扇着，惬意地坐在椅子上，有的眯着眼睛在假寐，有的在天南海北地侃着，有的则在静静地观赏着我们的古新河，享受着黄昏的美景。一个老奶奶跟我说："古新河啊，这可是我们这一辈的'老邻居'了呢，像我们这些老人啊，已经在这里住了几十年了。不过，从前的古新河可不是现在的样子，大概十几年前吧，这河两岸还是一些低矮的房屋，零零散散的。那时候大家环境保护意识还不强，两边的住户还不时往河里倾倒垃圾，在河里洗拖把，有时河水还会散发出臭味，哪里能像现在这样坐在岸边赏景呀。后来，大家开始重视环境问题了，便开始整治河道，现在隔三差五就看到环卫工人划着小船用网兜把垃圾、落叶等清除掉，古新河真正变了一个样。现在你们这些小孩真幸福，赶上了好时代啊！不过我们也不错，也赶上了末班车……"听着老奶奶的絮絮叨叨，我简直不敢相信，不禁陷入了沉思，眼前仿佛依稀呈现出了昔日的古新河，水面上不时有漂浮的垃圾，河水浑浊不清……

突然，几声清脆的鸟鸣打断了我的沉思，放眼望去，现在的古新河，两岸高楼林立，岸边花红柳绿，河水清澈见底，河边三三两两的满是散步、赏景的人影，这一切翻天覆地的变化，正是因为大家增强了环保意识，开始重视我们的河道建设。河道进行了改造，得到了整治，河底的淤泥被清理了，人们不再随意地往河中扔垃圾了，也不再将污水废水直接排进我们的河流，而且我们的河道清理员不辞辛苦，不顾烈日骄阳，不顾淅沥雨滴，坚持清理着古新河上的落叶和垃圾，才能使我们的千年古新河别有一番韵味。

沐浴着西下的夕阳，欣赏着美丽的古新河，我憧憬着有一天，能惬意地乘坐着经过特殊设计制作的环保型水上巴士（巴士设计成鱼的形状，驾驶室在鱼头的位置，鱼身处乘坐游客，鱼尾是一个特殊的垃圾吸入器，用来清除水里的垃圾漂浮物），徜徉在我们的千年古新河上，在心旷神怡中探寻曾经的悠悠古韵，在满怀憧憬中潺潺地流向未来。在这安静祥和的氛围中，我们的水上巴士静悄悄地在水中运行，为了不惊扰水中自由自在嬉戏的鱼儿，绝不发出一点噪音；而且我们的水上巴士所到之处，鱼尾轻轻一扫，河面上的落叶等漂浮物一下子就被扫进了垃圾储放箱，这真是一举两得啊！

杭州是一座依水而建，因水而兴的城市。那一条条纵横交错的河流，都富含浓郁的江南水乡情韵，有着深厚的历史文化积淀，因此，我们有太多的思考需要沉淀，有太多的梦想需要延续。保护河道，任重而道远，保护河道，人人有责！让我们为了"水清、流畅、岸绿、景美、宜居、繁荣"的河道整治目标而努力，让川流不息的河道，开放闲适，不尽长流，与我们杭州市民的生活叠合！

水城之歌

转眼间，迎来了充盈着火热蝉鸣声的夏天，又迎来了烈日炎炎的暑假。七月中旬，我和爸爸妈妈来到了欧洲，我们的欧洲之旅拉开了厚厚的帷幕，缓缓开启。

七月二十日，我们来到了意大利的一个码头，热热的海风吹拂过脸颊，扑鼻而来的，是大海独有的气息。坐上船，船在海上快速行驶着，溅起了一片浪花，跳跃在散发着淡淡光晕的玻璃窗上。蔚蓝色的大海，倒映着淡蓝色的天空，风光旖旎。三十分钟仿佛被眼前妙不可言的优美景色给缩短了，不一会儿我们就到达了水上之城——威尼斯。向往已久的马克·吐温笔下的水城威尼斯，现在就活生生地呈现在我的眼前，想到可以尽情聆听优美的水城之歌，内心一阵激动。

走下船，首先映入眼帘的是路边小店透明的玻璃橱窗里挂着的五颜六色的面具，形态各异，栩栩如生，靓丽夺目，这可是威尼斯狂欢节时必不可少的用具。

记得那一天的午后，柔美的阳光洒向大地，一片温暖；那一天的午后，街头艺人依然穿着厚重华丽的衣裙，戴着精致而引人注目的金银色面具，进行着各种精彩绝伦的表演；那一天的午后，沐浴在柔和的阳光下，我们漫步在威尼斯别有韵味的街道上，欣赏着那美丽的景色。我们一路游览了闻名遐迩的圣马可广场和叹息桥，看到了威尼斯守护神——带翅膀的狮子像，但最让我期待的压轴大戏是乘坐贡多拉畅游威尼斯，真正体会这座享有"因水而生，因水而美，因水而兴"美誉的水城之美。

蜿蜒的水巷，流动的清波，威尼斯好像一个漂浮在碧波上浪漫的梦，诗情画意久久挥之不去。我们小心翼翼地从岸边抬起脚，跨进这造型新奇独特的贡多拉。漆黑的贡多拉船身狭长，首尾翘起，使得它在狭窄的水巷中也可以行驶自如。船夫站在精巧的船头，船轻轻地摇摆起来，随着贡多拉的摇摆，威尼斯水城之歌开始奏响了。半躺在船中，享受着阳光的温暖，惬意舒适。闭上眼，可以清晰地听见贡多拉与水亲密接触的摩擦声，让人倍感暖心。船静静地行驶着，忽然一阵迷人的香气扑鼻而来，一直没有间断，令人心旷神怡。在好奇心的驱使下，我不由自主地睁开了双眼，悠悠白云镶嵌在湛蓝的天空中，自然而不失优雅。几缕温和的阳光，透过瞬息万变的云层，照着宁静祥和的威尼斯。贡多拉穿行在古色古香的古老水城，"街道"两旁古色古香的独具欧洲风格的建筑，被缤纷绚丽的花朵装点得别有风味。花朵正值盛开之际，散发出沁人心脾的清香。望着这些古老的建筑，古时候威尼斯日常生活的情景依稀在脑海浮现，实在是一种不可多得的美妙享受。

在水城威尼斯，能够重温马克·吐温当年的那种感受，真是倍感幸运：船夫的驾驶技术特别好。行船的速度极快，来往船只很多，他操纵自如，毫不手忙脚乱。不管怎么拥挤，他总能左拐右拐地挤过去。遇到极窄的地方，他总能平稳地穿过，而且速度非常快，还能作急转弯。沿途过去，数不清的桥梁不断地映入我们的眼帘，它们高高地横跨街心，一点也不妨碍行船。这些桥的造型千姿百态，风格各异。有的如游龙，有的似飞虹，有的庄重，有的小巧，令人目不暇接，叹为观止。威尼斯的桥梁和水街纵横交错，四面贯通，人们以舟代车，以桥代路，陆地、水面，游人熙攘，鸽子与海鸥一起飞翔，形成了这个世界著名水城一种特有的浪漫温馨的生活情趣。

宜人风景，拨动我的心弦；迷人景色，使我着迷，使我沉醉。难忘那一天，七月二十日的午后，在威尼斯镇上，我们曾经静静聆听一曲美妙的水城之歌。

难忘，这一天

很多事情匆匆闯进你的生命里，又转身就走。

但它却没有，匆匆走出你的记忆。

就好比，这一天。

——题记

光阴荏苒，逝者如斯！

转眼，已是仲秋，习习凉风，吹拂世间万物。不经意间，岁月的风将日历翻到崭新的一页，时间，已指向十一月。

这一天，我们跟随着秋天的脚步，怀着强烈的好奇心，来到了安吉，倾听竹博园、中南百草园的美妙之歌，欣赏其中独特美丽的曼妙之韵。这，是我们中学生涯中的第一次秋游，它匆匆进入我的生活，却没有匆匆走出我的记忆。

难忘，我们一起走在竹博园中的小道上，清晨的薄雾还没有散去，袅绕着，蔓延着，散发着一种朦胧而诗意的美。道路两旁，千姿百态，各具风韵的竹子，令我们大开眼界，大饱眼福。

难忘，我们一起看鹦鹉表演。美丽的鹦鹉在舞台上表演着各种令人不可思议的高难度动作，走钢丝、滑轮、骑自行车——只听见观众席上，惊叹声声，欢笑阵阵，掌声响亮。

难忘，我和朋友们一起坐在中南百草园的精致秋千上，凉爽的秋风从身边拂过，扑鼻而来的是青草独有的芬芳。午后的阳光，透过瞬息万变的云层，懒洋洋地洒在草地上，洒在万物间，放眼望去，草地上的景色，美丽得有些不真实。

难忘，我们一行七人，一路欢声笑语，走到中南百草园里。跨过摇晃的鳄鱼桥，走过微微陡峭的山坡，不知不觉中，来到了游乐场，我们顿时回到了少儿的时光。看着那些有强大吸引力的游乐设施，我们已迫不及待。激流勇进、碰碰车、大摆锤、旋转木马、跑马场——秋日的阳光下，我们欢笑着，嬉戏着，打闹着。

难忘，在摩天轮上，我们望着窗外的景物一点一点地缩小，摩天轮一点一点升高，蔚蓝的天空，仿佛触手可及，就像满满的快乐与幸福。渐渐升到了最高点，鸟瞰窗外，视线中的一切，都沐浴在暖洋洋的阳光下，耀眼而美丽着。阳光柔和地照在摩天轮上，玻璃窗边萦绕着一圈淡淡的光晕，不知不觉中，我们又回到了原点。走下摩天轮，目送它再次缓缓上升，心中竟有一丝不舍。

难忘，中学生涯中第一次秋游，难忘，这一路旖旎的景色。

难忘，秋日的阳光下，嬉戏的我们，打闹的我们，还有一路欢歌笑语，不知疲倦的我们。

快乐，洋溢在我们的脸上，充盈在空气中，洒下一路欢笑。

有些事情，匆匆闯进你的生命里，又转身就走。

但它却没有，匆匆走出你的记忆。

岁月悠悠，时光飞逝。

有些事，真的不会随着时间的波，走出记忆的流。

难忘，这一天……

夜晚，星光正好

大家走进了夜海，去打捞遗失的繁星。

——顾城

时间就像被握在手里的沙，不论你攥得多卖力，它却终会在那些细小的缝隙里任风吹散。明月夕阳，蓝天星辰，日出日落。夜晚终会降临，多在不经意间。

夜，许多人赋予了它迥乎不同的意义。

三毛守住黄昏，守过夜晚。她说许多的夜晚，许多次午夜梦回的时候，她躲在黑暗里，思念几成疯狂。她感叹夜是那样的长，那么黑，窗外的雨，是心里的泪，永远都没有滴完的一天。张爱玲说："夜晚来了我还依然睁着眼睛，是因为我看见了你留在月光下的痕迹。"夜晚，相拥而眠，踏实得连梦也懒得做。南朝纪少瑜言："残灯犹未灭，将尽更扬辉。唯余一两焰，才得解罗衣。"南宋辛弃疾曾作《青玉案》："凤箫声动，玉壶光转，一夜鱼龙舞。"

夜，或许无声，黑暗；或许神秘，吸引；或许陌生，寂静；抑或是灯火通明，宣泄沸腾。意料之外的，它是一个能够令人不断延伸迁徙，不断臆想描绘的名词。走进夜的海，置身夜的海，仰望头顶繁星闪烁。星星点点，点点星光，照亮天幕，不同姿态。

几米说，迷路的夜晚，失去了回家的方向，那条熟悉的小路不见了。但是，我并不真正感到慌张。就像那熟悉的朋友，也常常突然消失了，但是，你知道他们总会出现的。我看不懂星星的指引，我在寻路，及思念想念的人。

高尔基说，必须像天上的星星，永远很清楚地看出一切希望和愿望的火光，在地上永远不熄地燃烧着火光。毛泽东说，星星之火可以燎原。

星星就是结在树上但却无法采摘的，这世界上独一无二，绝无仅有，最美丽，最璀璨，最闪耀的。

还记得很久以前，在电影院里，看徐娇和林晖闵主演的《星空》，不得不说，那些镜头真的很美很真实，还记得乌云散去后周宇杰背着谢欣美在夜空下的草地上拼命奔跑，恍然抬头间，一片灿烂点点星光照亮眼眸，残留的雨水折射出那温暖的光，青草地上一片光亮。还记得那个小木船慢慢飘浮在水上，水中倒影依稀星辰浩繁。

这个世界永远都是忙碌的，不息的。致命的时差把它毫不留情地分割成两半，这一半夜幕临近，那一半微风和煦，但无论怎样，它始终没有停过机械运作的节奏，灯火未曾熄灭，它通明着，叫嚣着，宣告着。许多人陷在这个看不到止境的漩涡里，日复一日，年复一年，只是纯粹地紧跟它不停脚步，为了生活，为了自己心里所在乎所向往所憧憬的，不顾一切，毫无保留地把最美好的东西遗漏在这伸手不见五指的黑夜里，遗忘在那些毫不起眼不值得驻足停留的角落，任其尘封，销声匿迹，灰飞烟灭，不复从前。

大厦林立，遮挡住无数耀眼繁星；通明灯火，隐匿住点点美丽星光。有多久，没有仰颈看一分钟的星空了。

顾城说，黑夜给了我黑色的眼睛，我却用它来寻找光明。

顾城说，大家走进了夜海，去打捞遗失的繁星。

有人说有些失去是必然的，但不经意间，我们所遗漏的，正是最珍贵的。找回它们，未尝不是一种对憧憬向往的拥抱。

天接云涛连晓雾，星河欲转千帆舞。

天黑了，夜幕降临，独木小船，遗失繁星，一切在不言中。

夜晚，星光正好。

我，一定能行！

　　2004年雅典残奥会的一天，奇迹光顾了人间，尽管只是一个跳跃的姿势，尽管只有一分钟的时间，但这空中的那一道优美的弧线，饱含了多少的努力与汗水，饱含了多少常人无法体会到的艰辛……

　　记得去年暑假时，我来到了妈妈的学校——浙江体育职业技术学院。在那里看到了一群身残志坚的运动员在刻苦努力地训练，其中就有她，在雅典残奥会上打破了世界女子跳远纪录的运动员——张海原。我有幸认识了她，生活中的她开朗、热情，一点没有世界冠军的架子，我还聆听了她的传奇式的运动生涯故事。她在5岁时因交通事故造成了左腿粉碎性骨折，只好截肢，但残酷的现实并没有使她的梦想破碎。对体育运动的热爱和顽强的毅力帮助她克服了种种困难，海原阿姨在跳远、跳高、坐式排球、轮椅马拉松等项目的比赛中都取得了优异的成绩。还记得去年广州亚残运会上张海原担当最后一棒火炬手的那一幕吗？高难度的攀岩曾使她受不了，但她还是不断训练，在圣火传递到她的那一刻丝毫不紧张，咬咬牙，和昔日的队友一同以昂扬向上、自强不息的精神和相互扶持、互相鼓励的方式向高处攀爬，最终将主火炬点燃。夏天，39度的高温，她要克服因出汗假肢带给她的痛苦；冬天，她要克服气候不适的困难；平时晚上都要带着假肢套睡觉……要知道先苦后甜，梅花香自苦寒来！是呀，台上一分钟，台下十年功！海原阿姨也是经过长期的奋斗才登上了残奥会的冠军宝座！她不仅体育强，文化学习也很好，现在已是教育学学士。她是多么坚强不屈，她的精神真让我佩服！

日常生活中，每当我遇到困难时，脑海里就浮现出张海原的形象，她那热爱生命、积极乐观、身残志坚、自强不息的精神深深鼓舞了我，也不禁让我为自己面对困难的胆小、退缩感到羞愧。我也要像海原阿姨那样勤奋努力、顽强拼搏，勇敢地应对生活中的种种挫折。她的座右铭深深感动了我：虽然命运夺去我的腿脚，但缺憾依然伴我奏响——人生美丽的音符！她的一句话深深印在了我的脑海中："我，一定能行！"

今年的金秋十月，第八届全国残运会将在杭州举行，张海原要代表浙江队参加比赛，艰辛的付出必将换来丰硕的果实，让我们衷心祝愿她吧！

（写于2011年4月）

牵牛开放

　　无意间，瞧见林中的牵牛花悄然开放，朴素的美，正在蔓延。

——题记

　　牵牛花，春姑娘的使者。牵牛花，平淡普通，但它的身上，总有一股神奇的魅力，使人们百看不厌。

　　淡淡的蓝，高雅的粉红，沾染了整一朵花。

　　牵牛花，虽然没有杜鹃芬芳，没有牡丹高贵，但是，她朴素之中的美丽，依然牵动着我的心。

　　牵牛花吹起可爱的小喇叭，奏响一曲生机勃勃的春之声，告诉人们春姑娘已经光临。

　　然而，一朵又一朵的牵牛花凋谢了。苦苦寻觅，没有了踪影，内心怅然若失。无意间，一低头，仿佛望见了什么。在那草丛中，牵牛花依然吹着乐曲，一朵又一朵，相继开放。真是踏破铁屐无觅处，得来全不费工夫。朴素的美，再一次蔓延着……

　　牵牛花，春姑娘的使者，你竭尽全力，努力完成这个重要的使命。

你，永远默默无闻……

你，永远朴素开放……

你，是我心中最美丽的花……

（写于2011年9月）

脚印

沙滩上，我赤着脚，轻快地向前走着。

在我的身后，留下了一串串清晰的脚印。

这时候，海潮涌来了，我的脚印也被它淹没了，等它平息怒气退去的时候，我的脚印不见了。海滩又平展得像一块玻璃。

从这里，我仿佛悟出了什么——

原来，最容易留下脚印的地方，其实也是最难长久地保留下去的。

晨

　　凉凉的风柔柔地拂过阳台上那绿网似的花草枝藤，那网便悠悠地在风里漾着，弄得缀在网间的小喇叭花不小心失落了一颗露珠，眼看就要摔碎，却"啵"地被芭蕉宽大的手掌托住。珠儿在上面调皮地滚来滚去，犹如姑娘清灵的眼眸。柳树见了，乐弯了腰，伏下身去笑得枝叶乱颤。夜来香却并没注意到这些，她正用她的芬芳专心地完成昨夜未竟的制作……

　　一缕阳光透过密叶照过来了，忽然间晨风的素笺上多了几道灿烂的金线——晨光曲的五线谱已画好了，却怎么不见音符呢？瞧，三两只小麻雀，在这片光影中穿绕，一连串稚嫩的鸣声把夜来香的花瓣都惊掉了几瓣——好明丽的一首晨光曲。

　　一日的生机似要在这晨光之中盈盈地溢出来了……

落花的辉煌

一阵带着冷意的风吹过，又有好几片黄叶悠悠地飘下树来，不远处，一片片的落叶好像是一只只螃蟹一样匍匐前进。

我沿着铺满黄叶的小道走着，昔日争艳的百花都已无影无踪了，树枝脱下了一身的戎装，就连九天前还英姿怒放的菊花，现在也在寒风中凋落下来，陷入泥土中。记忆中那一片花的世界，生意盎然，而今已荡然无存。

古人看到落花，不禁会黯然泪下，写出了流传至今的优美诗篇，"落花不语空辞树，流水无情自入池"，"满院落花春寂寂，断肠芳草碧"。然而落花，为着别人，不留恋花秆，默默无闻、心甘情愿地覆盖在冬日的泥土上，终于化入泥土中消失，它却没有丝毫悲哀。"落红不是无情物，化作春泥更护花"。这就是落花的伟大之处。不是吗？冬天来了，春天还会远吗？它们只是在耐心地等待着，待到明春的艳阳或是春雨飘向大地时，它们用自己的生命充当绿肥，滋养和哺育着百花，让那些草叶尖锐的绿刺冲开死去了的去年的茎，向太阳伸去，使大地重放异彩，给经过严冬风霜雪雨的人们带来温暖，带来美。

雨

　　我喜欢雨，喜欢一年四季的雨。

　　春天，霏霏细雨，抛洒在微波粼粼的小河内，随波荡漾开去。雨是那么柔和，飘在脸上，凉沁沁的，清新、舒适。在春雨的浸润、滋养中，田野又是另一番景色：麦苗顶着一颗颗水珠，青得直逼你的眼；油菜绿油油的叶子上滚动着水珠，晶莹剔透；桃树的枝条上也挂着一串串水珠，像是迷你版变了色的冰糖葫芦。遍野的绿茸茸的小草，接受春雨的洗礼后又容光焕发了。春雨，完全驱走了冬天，给世界换上了新装。

　　夏天的雨，更是别具一格。天上刚刚聚集几朵乌云，有时竟然没有响过一声雷，豆大的雨点就直打下来。然而你不会由于这个不速之客而烦恼，因为你浑身的毛孔都热得张开了嘴，这雨不正像一股清凉的甘露吗？那耷拉着脑袋的树木，被雨水浇灌后，又重现丰姿了。如果说春雨给大地换了新装，那么经过夏雨的洗礼，大地显得更丰满，更成熟了。

　　面对沉甸甸的阳光，面对负重的枝头，雨，似乎也变得端庄而又沉思了。这时候，人们也许早已忘记了雨，因为那么多成熟的庄稼等着收割，那么多的种子需要晒干，人们都巴望着第二天又是爽晴的好天气。雨像懂得人们的心思似的，常常在夜间悄然而至，多么使人动情的秋雨啊！多么深情，像是母亲凝视着沉睡中的孩子，陪伴着人们进入梦乡。在一场秋雨后，一个更广阔、凄美的大地将展现在你眼前。

在冬天一提到雨，人们大概会皱眉头吧。然而，雨已经化装了，它经常化装成洁白的雪花姑娘，飘飘然来到人间。然而在南国，雨在冬天仍然要探访大地，只不过变得吝啬了。它既不绵绵如丝，也不瓢盆倾泻，只是在暗沉沉的天空中，雨好像更透亮了。饱尝了刺骨寒风的味道，偶尔下几阵雨，人们似乎感到一种特殊的温暖。冬天来了，春天还会远吗？

我喜欢雨，喜欢一年四季的雨，因为它活跃了我的生命，滋润了我的感情——只有在雨中，我才感到这世界是活生生的，是充满欢乐和泪水的。

菁菁校园

难忘，8月23日

　　难忘，8月23日，夏末的阳光依然火烧火燎地照射在大地；难忘，8月23日，我们第一次在文澜这所菁菁校园中进行国防教育；难忘，8月23日，我们身着精神的戎装，伴着即将西下的太阳，笔挺地站在校园里，口号嘹亮。

　　8月23日的下午，我们所有初一新生来到文澜校园，提着沉重的行李，到了宿舍。

　　在整理内务时，我们互相帮助，挂蚊帐，铺床单，两人合力把沉重的行李搬到床的上铺，一人难以完成的任务在两人合力下变得异常容易。我们从中懂得了互相扶持可以解决难题的道理。

　　临近傍晚，我们在校园中练习站军姿。夏日独有的高温以及猛烈的阳光包围着我们，汗水从面颊两侧流淌，从脖颈悄无声息地流下，湿了头发，湿了衣襟。尽管天气很热，我们并未放弃，坚持，坚持，不放弃，不妥协。我们把口号喊得震天响，嘹亮的口号响彻云霄。校园中，我们精神抖擞，意气风发，直到训练结束。这次国防教育锻炼了我们的身体，也让我们学会坚持。

　　晚上，全体初一新生齐聚一堂，听着老师对我们第一天军训的总结，我们知道了做得不好的地方以及需要改进的地方，好的我们继续保持。听着任校长严肃又幽默地演讲，我们知晓了学校的宗旨——立德树人；我们懂得了要做学问必须要先做好人，只有做好人才能做好学问的人生真谛。同时，校长又详细地为我们介绍了男生如何做谦谦君子，女生要如何做大家闺秀。

难忘的8月23日，崭新又充实的一天。这一天我们懂得了坚持和扶持，从这一天起我们将起帆远航。

（写于2013年文澜中学初一新生军训之际）

勇气

犹记那天夕阳西下，你奔跑的身影沐浴在灿烂微光里，无所犹豫。犹记你追梦背影，坚定不移。犹记你在这岁月，这地方，给予我目视前方的勇气，兀自拼搏的决心。

让我给你们讲个故事，关于一个美好的地方，一段美好的时光，一个美好的人……

——题记

记得第一次了解你，还是在初一时运动会的八百米赛场上，发令枪响，干脆利落的起跑，一路遥遥领先。潇洒冲过终点，轻松自如取胜。记得当时你得到的欢呼声此起彼伏，而你只是淡淡地笑。后来知道你是体招生，长跑成绩令人望尘莫及。于是每天清晨的操场上，你迎风狂奔的身影，从不曾停下。后来渐渐熟悉了，你也会向我描述体训的艰苦，即使疲累，尽管难受，也不得不咬牙坚持，独挡所有苦和累。我当然懂得"台上三分钟，台下十年功"，是啊，虽然你也有停下来说累的时候，但我知道你总是在那话音刚落的下一秒，重新开始奔跑。

还记得那天吗，体锻课下课，回教室路上，看见你从器材室里费力地拖出那个缠着橡皮筋的轮胎。不禁脱口感叹，体训生真辛苦。你点点头笑了笑："是啊，训练是很苦。"一番努力，终于将轮胎移到了那条直道上，正欲对你说声加油然后离去，你转过头对我说："既然当初选择了这条路，就要对当初的决定负责，好好努力吧。"回过头，你瘦弱的身躯拖着沉重的轮胎，迈开步伐奔跑，夕阳照着你坚定前进的背影，没有犹豫。

奋力冲刺的背影，默默努力的背影，勇敢前往的背影，孤身一人的背影。看着你为了梦想拼尽全力，为了奔跑洒尽汗水，为了未来奋不顾身。我总为你骄傲，为你加油，为你喝彩。或许我真的无力去感同身受，无法体会你的辛苦和劳累，我只能在你感到疲累的时候，在你身边说一声"好好休息"或者"一起加油"。

其实多数的时候还是你在给予我力量，还记得那次我考试失利，闷闷不乐地走向食堂，一路上，你坚定地对我说："你一定可以的，下次努力，我相信你！"那次我胃病复发，你一直叮嘱我要及时吃饭，注意身体，多锻炼。还有每次我经历挫折的时候，望向你兀自奔跑的身影，想起你坚定不移的信念，你无所畏惧的心，我重新充满希望与憧憬，怀揣信心与勇气，重新目视前方。

或许铭刻在内心最深处的，是你所给予我的，使我牢记一辈子的勇气，没有直白的言语，没有清晰的勾勒，只是汇聚成那股无声却坚实的力量，伴着我，走过漫漫前路。

感谢时光美好，感谢岁月难忘，感谢你走进我的世界里，在这条充满未知的路上，给予我坚定前进的勇气和力量。

转眼与这个美丽的地方朝夕共处，已是几百个日夜。看清晨微光，整齐步伐；听琅琅书声，飞鸟晨鸣；闻绿树木香，繁花芬芳。难忘精彩课堂，阵阵欢笑；难忘漫步校园，午后时光；难忘春华秋实，一同出游；难忘二〇一三年的夏末，从我正式踏入这所菁菁校园起，所有美好的故事。

但我要把那所有令我不舍、令我难忘的回忆都镶嵌在这最美好的岁月里，唯独带上你给我的勇气，坚定前行。

难忘的瞬间

　　两周的文澜生活，是充满色彩的，是精彩纷呈的，是令人难忘的。最难忘的，是那个瞬间。

——题记

　　荏苒光阴，转瞬即逝。转眼，骄阳似火的盛夏，已渐行渐远，慢慢消失在了时间的尽头。转眼，我们已在文澜这所菁菁校园中，生活了两周，两周的学习与生活中，那一个个触动人心的瞬间，是我心中，永远难忘的回忆。

　　远处的初阳，正缓缓升起。金色的阳光，透过瞬息万变的云层，照耀世间万物，又是一个美好的清晨。揉着还略微有些惺忪的睡眼，所有同学都陆陆续续来到了操场上准备晨跑。初三的同学已经开始跑步了。他们的队伍整齐划一，脚步声和谐地构成一曲富有节奏感的乐章。不一会儿，他们的脚步已踏过四百米的路程。随着时间的推移，已是最后一圈冲刺，之前八百米的路程，已使一些同学体力不支，同学间渐渐拉开了距离。同学们一个个冲过了终点。不知不觉，偌大的操场上，只剩下几位同学。这时，我的目光定格在了一个姐姐身上。她似乎身体不舒服，右手一直揾在胃部，左手无力地摇晃着，吃力地迈动着双脚。我本以为她会继续这样跑到终点，但出乎我意料的是，她突然咬了咬牙，铆足了劲开始冲刺。她快速迈动着自己的双脚，脚有节奏地踏在跑道上，她捏紧着双拳，带动着手臂全力摆动着，在空中划过一个波浪，拨动着我的心弦。她的牙齿紧紧咬住下唇，面色苍白，汗水顺着发梢，随着跑动的步伐滴下，她的眼睛，坚定地盯着前方的终点。那一刻，时间与距离仿佛格外漫长。终于，她冲过了终点，我的心中，不禁为她喝彩。

无形中，这位同学奋力冲刺的那一瞬间，已停在我脑海中，定格在了我的记忆里。

那一瞬间，我深深地震撼了。这就是文澜精神吧！直面困难，坚持不懈，锲而不舍，永不放弃。

那微小却美丽的一点一滴，那一个个触动人心的瞬间，拼凑成了一首令人难忘的乐曲。难忘，这个夏末。难忘，那个瞬间。

最美在文澜
—— 记"最美文澜"摄影大赛

光阴荏苒，岁月流转。天气悄无声息变得微微燥热，阳光不知不觉更为刺眼强烈，在无所察觉中白驹过隙。在这个初夏季节，欢乐的气息伴随着阳光洒满文澜校园的每一个角落。在这个五月，文澜中学迎来了一年一度最为盛大的节日——社团文化艺术节。

同学们都摩拳擦掌，大显身手，一展风采。社团文化艺术节可谓精彩纷呈，不一样的节目，不一样的形式，不一样的乐趣。其中，不得不提起全体同学都积极参与的文澜摄影大赛。摄影大赛向初一初二的每一位同学们发出了邀请函。寻找"最美瞬间"，同学们纷纷行动了起来。目送着春天渐行渐远的背影，展望着初夏渐渐迈近的脚步，拿起或轻便或沉重的单反相机，漫步在五月美丽缤纷的文澜校园，徘徊在充满绿意的曲折小径，徜徉在洋溢着欢声笑语的操场，目光扫过校园的每一个角落。或在校园里竞相开放的花朵前驻足，各色各式的花朵无不散发着沁人心脾的清香，各不相同的外表，婀娜娉婷的姿态，深深吸引大家的目光，不由蹲下身，拉近镜头，拍下一张美丽的初夏花韵。或在校园里最具特色的巨型石刻前停下脚步，石头上刻着的或是纪念，或是警示，或是谆谆教导，都是文澜校园里最珍贵的，最不可缺少的。许多同学都拿起相机，为它们与落日的余晖留下一张最美丽的合影。或在春游时，发现春末季节里独一无二的宜人景色，绿树抽芽，红花含苞，小桥流水，微波荡漾。把那粉墙黛瓦，青石板路，装进相机里，与同学老师们一起分享。抑或在校园里，和老师交流着学习的心得体会，在老师微笑的瞬间，用相机记录……其实生活中有许多细微而不易察觉的美好，摄影大赛，让同学们在五月温和的阳光里按下快门，定格住一个又一个最美丽的瞬间，让这些微小的细节，散发出星辰般耀眼的光芒。许多老师也加入了摄影的行列，和同学们一起捕捉着生活中那些动人的情景。在休闲厅的展览板前，在走廊尽头的黑板报边，都会看到有人驻足，观赏着那里同学们用相机定格下的美丽瞬间，以及这一年的春末夏初，那最珍贵、最难忘的美好。

挥舞青春的翅膀

初夏的季节，天气温暖，阳光明媚。熟悉的校园中，放飞梦想，青春飞扬。热闹非凡的校园里，洋溢着青春的欢笑。或许这是人生中我们永远不会忘记的舞台，独一无二、与众不同的舞台，那里有欢聚一堂的喜悦，目不暇接的精彩，追逐梦想的坚持，风景独好的青春。

难忘那最为精彩的开场，小提琴、架子鼓、萨克斯、电吉他……灯光默契配合，短暂却淋漓尽致的表演，如雷的掌声里，电声乐队拉开了表演的帷幕；难忘热情洋溢的英语歌曲，歌颂五彩缤纷的青春；难忘剑客挺拔的身姿，矫健的步伐，昂扬的精神，精彩的对决；难忘那翩翩起舞的身影，惊艳而华丽的演绎，舞入人心的"梦角"；难忘书画社《珊扇君子》，梅兰竹菊，别具风韵；难忘《自古英雄出少年》，潇洒武姿，酣畅淋漓，瞬间神采飞扬的舞台，毫无失误的淡定流畅，仗剑前行的坚毅刚强；难忘委婉典雅的那一刻，台上迈开舞步、亮出歌喉的越剧社传统文化的气息，别具一格的风韵，焕然一新的视觉效果；难忘同学们精心准备的节目，让我们领略了土耳其的民族风情，走进了绚丽多彩的音乐世界……十九个节目，十九种不同的风采，组成这个独一无二的舞台，精彩纷呈的舞台，永生难忘的舞台，留下青春美好的记忆。

最忆《流离青春，心胜永恒》，低沉动听的吉他声里，站姿挺拔的你们，用那首最诚挚的诗，回忆这光阴似箭的三年，怀念这无法重回起点的三年，告别这青涩懵懂的三年，铭刻这占据青春里一席美好的三年。响亮坚定的声音，倾入所有情感的声音，微微哽咽的声音。《同桌的你》，唱响那无憾的、坚定的、热血的、追逐梦想的青春，不论是对过去的不舍，还是对未来的展望。记得台上用全力表演的你们，台下被深深感动的我们，聚光灯下，掌声雷动。

还记得《歌曲串烧》中第一个出场的女孩唱的那首《灯塔》，你是生命之中最亮的灯塔，温暖着我让我勇敢地飞翔，当我们挥舞着青春的翅膀准备去翱翔，我们在彼此身旁。正值青春，我们就要有自己的梦想，自己的追逐，自己的坚持，自己的执着。

这就是人生中我们永远不会忘记的舞台，独一无二、与众不同，那里有欢聚一堂的喜悦，目不暇接的精彩，追逐梦想的坚持，风景独好的青春。台上、台下的我们，正值青春的我们，要挥舞青春的翅膀，一起追逐梦想，神采飞扬。

让她拥有一片美好

书声琅琅，歌声清亮，她是一个能够自由驰骋、浩如烟海的世界；运动场上，身姿矫健，快速敏捷，她是一处可以快乐奔跑、汗水肆意的地方；关心问候、给予帮助，她就像一个怀抱，温暖而充满爱——她是我们的校园，我们共同学习、一起生活的地方。她就像一个家，为我们遮风挡雨，让我们成长。

"学生安全为己任，校园安全无小事"的原则却早已深深扎根在我们文澜中学的领导和老师们的心里，他们为了维护学生的安全，十年如一日地严格遵守和履行浙江省学校安全条例，为我们积极争创和谐的安全校园。

难忘一年前，那个烈日炎炎的午后，学校工作人员的有序指挥，一辆辆汽车徐徐驶进了文澜中学的大门；难忘那一次，学校礼堂，老师为我们详细介绍校园规章制度；难忘那一次，寓教于乐的消防知识讲座和消防演习，更为培养我们的安全意识、提高我们的安全技能锦上添花；难忘平时我们老师的谆谆教导，一次次不厌其烦地提醒我们在下楼梯时不要追逐奔跑，要注意安全……

保安叔叔无论白天黑夜，始终任劳任怨地守护着我们的校园，严禁闲杂人员进入校园扰乱学校的秩序，通校生必须在门口刷卡确认身份后才能进入校门；食堂叔叔阿姨每天起早贪黑，为了让我们吃到安全、放心又有营养的食物，严格把好质量关和卫生关。清晨，当我们沐浴着旭日暖阳，进行例行的晨跑时，早已有好多的老师等候在操场，维持着早锻炼的秩序；食堂就餐时，值周老师和同学站在一旁管理，忙而不乱，井井有条；晚自习下课，偶有同学不小心在楼梯里奔跑起来，耳畔马上传来老师提醒我们注意安全的声音；晚上，寝室熄灯，走廊里响起老师让我们盖被子、添衣服的叮咛；周末，老师陪伴我们安静地等在指定的区域，直到我们安全上车；周日，更有老师早早地等候在我们的下车地点，帮我们搬下沉重的行李，指挥汽车缓缓开离校园……所有的一切都进行得那么有条不紊。

文澜，是我们的家，一个温暖而充满爱的地方。朝日夕阳，她无时无刻不陪伴着我们，见证着我们的成长；她是那么重要，是我们终生难忘的地方。让我们用自己的行动保护她——维护校园安全，让她，在那蔚蓝天空下，仍拥有一片美好！

文澜，一生难忘，一生感恩

——临别之际的感言

　　还记得三年前的夏末，烈日炎炎，蝉鸣声声，怀着憧憬得以成真的欣喜，我们，与文澜相遇。三年后的初夏，毕业季如约而至。怀着不舍，全体2016届保送生齐聚一堂，向母校告别，并致以诚挚的谢意。捐种一棵树，伴随着我们成长，扎根母校的沃土，根深叶茂；立一块石，表达我们对母校的感恩。短短的三年，是我们全体保送生难以忘怀的记忆。

　　难忘，学生代表声情并茂的发言，回忆三载春秋，酸甜苦辣，欢笑泪水，在文澜校园中，我们共同的青春年华。感恩敬爱的校长，文澜"立德树人"的校训，"做谦谦君子，大家闺秀"的谆谆教诲，他是清晨操场上每一天的坚守，他是食堂里为同学们打饭、和蔼可亲的"太阳"，更是我们人生路上一生铭记的良师益友。感谢老师和同学，在我们成长路途上的陪伴，我们感到无比幸运。

　　难忘，校长语重心长的教诲。最后一次听校长强调"立德树人"的重要性，勉励我们继续面向远方，倾尽全力，实现自己的梦想。聆听校长用屈原的话要求我们："路漫漫其修远兮，吾将上下而求索。"相信，我们会在前进的道路上，牢记校长所说的话，时刻以文澜人的标准要求自己。

难忘，徐书记温和亲切的言语，让我们继续努力前行，让我们做一个开心、快乐的人。我们一定不会辜负徐书记的期望，做一个为自己拼搏，竭尽全力的人，无怨无悔。

转眼之间，三载春秋翩然而过，轻轻挥手，将这段回忆，用力烙印在内心深处。那是我们这一生，最美的时光。

文澜，孕育我们的梦想，指引我们的方向，让我们懂得做谦谦君子的重要性。文澜，是我们的精神故土，是我们青春年华的回忆。

我们感谢，老师们一次又一次谆谆的教诲；我们感激，老师们像父母一般悉心的关爱；我们感恩，老师们三年如一日的无私付出。

一棵树，万古长青；一块石，感恩永存。

感谢文澜的校长、书记、老师、同学出现在我们的青春年华时光，与我们共同经历这最美的时光，成为我们最美的回忆。

初三毕业留言册之序

时光的河入海流，终于我们分头走。

没有哪个港口，是永远的停留。

————《凤凰花开的路口》

二〇一三年夏末，似乎依然近在眼前，偌大陌生的校园，懵懂青涩的脸庞。

而不经意间年华翩然而过，二零一六年初夏，那首骊歌即将为我们而吟唱。三载春秋恍然已逝。

三年同窗，在这个美丽温暖的地方。三年旅程，不论沿途是鲜花还是荆棘，是掌声还是坎坷，都有你一起相伴。因此欢笑泪水，嬉笑怒骂，点点滴滴，于彼此都再珍惜不过。七班，是永远为我们敞开的家，是青春年华的图腾，是永生难忘的记忆。

人生就是一辆列车，步履不停。一段旅途的完结，意味着另一段旅途的开始。正逢离去道别时，但那些存在过的美丽，定会被定格在岁月的相册里，即使落上一点尘埃，也不影响我们的友谊。因为那是一生中最美的时光啊，那是亲人一般，最好的我们。

正如《凤凰花开的路口》林志炫柔和深情的歌声："时光的河入海流，终于我们分头走。没有哪个港口，是永远的停留。脑海之中有一个，凤凰花开的路口，有我最珍惜的朋友。也许值得纪念的事情不多，至少还有这段回忆够深刻……"

蝉鸣轻响，骊歌轻唱。望着彼此扬帆远航，珍重，道别。岁月悠悠，光阴飞逝，愿各自内心深处的记忆里，永远都保留这一份美好和温暖。

（2016年6月末）

杭高讲坛通讯稿
——从惊弓之鸟认知心理与健康

你是否因为忙碌无终的生活而愁苦，因为沿途遇见的荆棘和坎坷而感到措手不及。你一定也曾经经历过一些不幸福的事，产生过许多无奈之下消极的臆测与打算。我想说，或许你的种种苦恼和疑惑，能在这里得到解答……

初春三月，这一次的杭高讲坛不太寻常。我们有幸邀请到高一（10）班一位同学的家长裴学进教授，引导高一（7）—（12）班的同学们走进一个别出心裁的讲堂。

裴教授的开课方式独特而生动，讲堂的第一部分，他和我们一起重温了惊弓之鸟的故事。从这个人尽皆知的故事里，裴教授引申出了我们难以察觉的心理学因素，从鸟和主人公更嬴的不同角度进行分析，揭示消极的心理活动对于之后悲惨结局的影响。

为了我们能够更加深刻地体会和理解，裴教授还和我们分享了一个真实的案例：街头老人的一句宽心话，让受伤司机断了轻生念头。就如周国平先生曾说的，"人不能支配命运，只能支配对命运的态度"。每每在关键的时刻，自我认知与信念的力量，往往比我们想象中强大得多。

台下的同学们也十分积极地与裴教授互动，提出了自己的想法和见解，展开了热烈的讨论。自己在学习生活中的一些困扰和问题，得到了裴教授热情细致的引导与解答——这样面对面的交流，也让同学们对于自己的目标和心态有了新的认识……

裴教授通过惊弓之鸟这些无比真实、通俗化的讲述，给了我们一些启示：针对即将发生的事，要合理认知，不能把认知建立在推测的基础上，要用事实来衡量自己的判断，对比前后新的情绪；一定要清楚事实后再作出判断，不能妄下结论，带给自己消极的影响……

把这些启示影射到我们正在行走的道路上：每个人面对生活，都可能遇到困惑、无助甚至绝望，但我们要在迷茫和恐慌之中，始终怀有一种希望，一种使命感和责任感。即便无力，也不能放弃。抱怨身处黑暗，不如提灯前行。

在一片热烈的掌声之中，本次杭高讲坛圆满落下帷幕，相信这短短几十分钟的课，会是大家漫长的前路与归途中，充满光亮的一课。

"真人图书馆"进杭高之通讯稿

岁月翩然，转眼进入杭高学习已一年有余。

至今仍清晰地记得，一年前的我们，第一次接触学校的生涯课，第一次对自己的理想职业展开慎重缜密的思索，第一次依稀感受到做人生选择题时特有的迷茫，第一次好奇自己的未来是什么模样。

曾经听很多人说，"要上好的大学，就要提前规划自己的未来方向"。在对未来职业规划充满无限期待与好奇之际，由中学生天地发起的"新青年·真人图书馆"活动在杭州高级中学拉开帷幕，来自不同行业、不同领域的嘉宾们如约走进杭高的教室，为我们开了一场经久难忘的生涯规划讲堂。

在阵阵热情洋溢的掌声之中，《浙江教育报》记者汪恒老师走上了报告厅的讲台，他根据在新闻媒体行业常年积累的工作经验，向我们介绍了成为一名合格新闻记者的入职要求以及工作之后的三方面发展方向。汪老师还引用了央视主持人白岩松对于新闻工作者的要求，"媒体记者应该知行合一，道术结合，采、写、表达均佳"，告诉我们当今时代新闻记者的综合素质较昔日有大幅度的提升，如今的记者都应该以"多面手"来要求自己，提升自己。汪恒老师的讲演，让我们更加了解现代新闻媒体人所应该具备的能力和素质。而接下来的二十分钟里，浙江工业大学新闻系主任、教授、硕士生导师刘阳老师史料与理论精彩纷呈的演讲，再一次将场内的气氛推向高潮。刘阳老师首先通过向我们公布腾讯公司 AI 人工智能每天写 2500 通讯稿这一惊人数据，告诉我们今后记者写作，应该更加注重人类情感，真、善、美，努力向大众呈现一些不能被机器人的文字所取代的，真正难能可贵、为人类所独有的文章。

刘老师也针对某些事件，告诉我们新闻人受到打压和挫折是一件平常事，向我们表达了她对于有良心和良知、敢于发声和质疑的媒体人的全力支持的态度。

"新闻记者争夺头条是一种正常现象，但是一味地追求利益，使其失去正义感的行为是十分错误的"，"一个有良知的新闻职业人，应该深入了解事件本质，向人们传达自己内心对于事件的真正理解"……刘阳老师的话引人深思，也让同学们真正明白了成为一名记者所应该拥有的职业操守和道德素养，我们获益良多。

高二（7）班的生涯课堂，还迎来了资深心理咨询师应飞老师。应飞老师用幽默风趣的方式，打破了我们过去对于心理师的认识。她坦言心理咨询师并不如影视作品中都会神奇的催眠术，有神秘强大的人设，她给予心理咨询师的定位：只是一个普通人。在她与同学们的亲切互动中，我们了解了应飞老师半路改行，立志成为心理咨询师的缘由；也体会到这个行业日程表永远充实的辛劳；不停读书求学，学无止境的努力付出和极具挑战性和未知色彩的工作本质。应飞老师也通过对国家心理行业发展前景的信心和美好展望，鼓励想要成为心理咨询师的同学们更加坚定自己的梦想……

"打开人生这本书，敲响未来的门。"感谢"新青年·真人图书馆"，感谢叶晓森老师、韩彬菁老师、燕洪国老师、张艺引老师、汪恒老师、刘阳老师、张博睿老师、尹明老师、王哲楠老师、应飞老师，为我们带来医学、会计、运营、新闻、影视综艺、语言、土木、心理八大领域各具特色、精彩纷呈的生涯规划课，让我们能更好地进行生涯规划，看到人生多样的可能性，迈向更广阔的未来。

相信嘉宾老师们的演讲，会成为我们毕生难忘的一课。相信从此往后，你我将更加坚定内心的梦想与憧憬，怀揣少年人以梦为马的热血，一往无前的勇气，在未来的人生旅途中，步履实地，一路向着光亮而行。

怀揣公益之心，向着光亮前行

——2017年10月团委公益活动报道

夏末的日子在指缝中流走，初秋的气息已在不知不觉中悄然来临。在这金桂飘香的日子里，我们又迎来了祖国母亲的诞辰，举国上下欢欣鼓舞。

当大家都在享受国庆长假之时，浙江省全民健身中心的工作人员却放弃休息，在10月1日至4日场馆免费向全民开放的公益活动期间坚守岗位。

杭州高级中学团委的干事们得知这一消息后，纷纷积极主动报名，担当此次活动的志愿者。

10月2日清早，八位同学准时来到了全民健身中心，分别去到篮球馆、羽毛球馆和乒乓球馆担任引导员，并维护现场秩序，确保场馆的安全，看到吸烟等不文明现象坚决制止。同学们还见缝插针，在志愿者工作的同时进行了义务劳动，擦去场馆长椅和物品摆放柜上的积灰，清扫走廊过道上的纸屑，使场馆的整洁度得到了提升……在两个小时的工作中，大家都十分投入，为全民健身献上了自己的一份力量，得到了场馆工作人员的好评。

在这次活动中，我们见识了全民健身热火朝天的场景，体会了场馆志愿者的工作，更在此过程中偶遇了1962年毕业的老校友，与之展开了友好的互动和交流。听着老校友向我们描述"杭一中"的种种美好，一种亲切感和自豪感油然而生，能在这里相遇，实在是一大幸事……总而言之，此次公益之行，同学们都受益匪浅，感触颇深，纷纷用文字记录下了自己的感触。

当然，对于我们杭州高级中学团委的同学来说，这次活动仅仅是一个开端。远方，有更美丽的风景，更坚定的目标正等待着我们。

怀揣公益之心，向光亮前行，步履实地，不错过沿途的每一个美好瞬间。愿我们可以凝聚成一束光，用自己的行动和力量，照亮这个城市的一角。

面朝远方，步履不停。我们，在路上。

杭高讲坛通讯稿
——人才货币论通讯稿

"一个人生命中最大的幸运，莫过于在他的人生途中，在他年富力强的时候，发现了自己的使命"，这是斯蒂芬·茨威格曾经写下的一句话。

"让信仰的天空更加辽阔，让精神的画卷更加绚烂，让心灵的追求更加高远。你的前途，正自辽远！"铿锵的声音，完美的收尾，掌声雷动。

绿树成荫，阳光明媚，五月的杭高校园生机盎然。五月二十二日的午后，阳光正好，我们有幸邀请到浙江省委党校刘东海老师做客杭高讲坛。他用别有意趣的讲述与引人入胜的呈现，在短短的四十分钟里，让同学们倍感受益。

当"人才"与"货币论"融为一体，很多同学都难解其中的奥秘。"领导力与执行力的理想追求和现实境遇"，这是刘老师演讲的开头语。

马克思曾经有言，等级不过是货币的标志，而人则是黄金，是万物之灵。刘老师为我们讲"现实境遇"，这是刘老师在演讲开头的简短诠释。

刘老师为我们讲述的第一个内容，便是"引人入胜的本体和衍体"。

通过马克思和马斯洛的观点碰撞，告诉我们何为人的本质；而后者则通过"众"与"网"两个汉字所蕴含的奇妙意义，形象生动地向我们阐述了"抱团作战，无往不胜"的深刻道理。

环环相扣，精彩纷呈。结束了第一部分的内容，刘老师讲起"人才的机运与时运"：告诉我们人要学会自我保护。要懂得大材小用，小材大用；"瓦匠与厨子的小故事"，让我们懂得要学会善于发现身边人的优点，用人性的光辉，传递无数的温暖。"高人可遇，贵人难遇"，顺势而为，借机发展，追逐高人的脚步，时运未来君且守。时间的仓促并没有打乱刘老师清晰的思路，通俗易懂的语言，简短而精确地向我们传达了最后两部分的中心思想。

"奇货可居的衡量与度量",人生不仅要有长度,更要有厚度,有价值,只有拥有厚度,方能感受生命的温度。

"厚币卑辞的修为与作为",在价值符号不改变的情况下,我们要通过自身的努力,提升货币币值;在币值确定的情况下,则要尽力改变价值符号的呈现。

熊培云《自由在高处》的序言《我愿此生高远辽阔》中言,灵魂是天空,身体是大地,在生命中守卫好自己的灵魂与身体,守卫好一生的责任与自由。愿岁月无负天地,愿人生高远辽阔。

我想,这与刘老师最后勉励我们的言语,与刘老师激情澎湃的讲演,都是相似、共通的吧。——愿你道路漫长,充满奇迹,充满发现;愿你拥有高处的自由;愿你前途正自辽远;愿你此生高远辽阔。

"心中有阳光,脚下有力量"
——2017年浙江省中学生暑期社会实践总结展示报道

隆冬将临,微风清冷,落英纷飞,杭州高级中学的甬道上又一次覆上一层层温暖的色彩。

2017年浙江省中学生暑期社会实践总结展示活动如约而至。省文明办未成年人工作处副处长何天宝、省教育厅基础教育处副处长陈熙熙、团省委学校部部长唐永卿、省学生联合会执行主席徐鹏宇等嘉宾，以及来自全省各地的莘莘学子，纷纷齐聚在这方美好的土地。霎时间，满堂掌声与欢歌，热闹非凡，为这阴雨连绵的季节，平添一份盎然生机。

杭十四中同学激情飞扬的小提琴二重奏拉开大会帷幕，似乎预示着之后各校的总结展示，也皆如开场音乐般精彩绝伦。

率先登场的人民职校沙之聚小队，为我们带来一场绝美的沙画盛宴。灵动变化的画面和各位同学生动的讲述，向我们呈现学校在垃圾分类、五水共治、交通治堵、慰问孤寡老人等各个社会实践领域所做的努力。礼仪、幼师、航空等不同的小组，共同投身社会实践，日积月累，齐头并进，正如他们的口号，"聚沙成塔砥砺行，青春践行十九大"。

同样实践内容格外丰富的还有杭州高级中学，倾情演绎的情景剧中，演员同学们配合默契，衔接完美，实践展示内容自然穿插。一张张学长们回校问候老师的相片，一幕幕同学们探访校友的情景，一句句老兵爷爷的寄语和祝福，践行"我的职业梦"，和在各大实践性比赛中取得的优异成绩……有至情至真的"青春梦"，有善良丰富理性的"杭高梦"，有志存高远的"未来梦"，更有心系家国、胸怀天下的"中国梦"，心有梦想，脚踏实地，真可谓"青春逐梦，大美杭高"。

应倾半熟鹅黄酒，照见新晴水碧天。绍兴中专暑期社会实践队，也为我们酿造了一盏独具风格、至醇至厚的黄酒。爱心义卖"青春暖流"小队、五水共治"爱我生命之源"小队、暖心福利院"爱心义教"小队、爱心社区"双百双进"小队精彩呈现。他们相信"青春与奉献同行，志愿与你我同在"，于是走过城市的大街小巷，一路播撒他们的爱心。

其他学校的优秀展示也各具特色。

义乌中学模拟政协团队，充分发挥团队的优势，"为公共资源发声"。在PPT和集体演讲之中，让我们了解了我们熟悉却容易忽视的消防栓、电缆、公共自行车等公共资源的现状。他们通过细致的问卷、实地调查发现问题，并对比法律制度，与义乌市自来水公司、政协等有关方面进行交流，提出了自己对于公共资源的整治意见，收获颇丰。

一份力量。海宁中学"微笑长安，科普反邪教"志愿者服务队带来的情景剧，生动地表现他们如何成功劝阻被邪教组织欺骗的老年人，真实还原了他们八人六天深入社区，进家宣讲，科普反邪教，身体力行"崇尚科学，反对邪教；知书明理，共建和谐"的场景。

兰花清幽，林木有心，一草一木之间，既是传承，也是回报。绍兴园艺学校的园艺绿色志愿服务队，通过短片和演讲的形式，介绍了他们的"护绿""送绿""学绿"三大活动。宣讲园艺知识，帮助居民们维护绿植，参与夏令营学习……多样的活动形式，为社会献出了一份力量。

随后出场的十四中实践小队，一部自编自导、精彩纷呈的微电影，成功吸引了在场的每一位观众。因为自行车比赛被志愿者帮助而心生帮助他人之心，凭着坚定的信念组建起志愿者团队，他们在图书馆义务劳动，看望孤寡老人、留守儿童……他们用爱将红色的力量传播。

丽水中等专业学校"小水滴"志愿服务队，积极"关爱留守儿童"。与农村、城市、农民工子弟学校、培训机构等多处的留守儿童们接触，和政府部门、地方服务机构一起努力，让留守儿童多一份陪伴，少一份孤独，"为了他们的笑容"，付出更多的温情与温暖。

"五水吾水，你我之水；共治同治，共享安康"，杭二中好山好水小队的同学们为我们展示了"五水共治 共治吾水"主题实践活动，围绕治理水质的问题展开了多方面的研究和实践，取得了丰硕的成果。《天目源赋》的集体朗诵，更是成功将气氛推向高潮。

"他们是城市的美容师，他们穿梭于喧闹的车流和人流中，夏顶酷暑，冬冒严寒，他们就是环卫工人"。"关爱环卫工人，守护发光的灵魂"，义乌四中同学们走上街头，分担环卫工人的工作，联系餐饮爱心商家，为他们提供免费早餐，并通过电视台等媒体报道进行宣传。压轴登场的同学带来的情景剧，真实展现出环卫工人们有可能遭受的不尊重情境，发人深省。

唐永卿老师也在主持人的邀请之下，上台精心点评了各个团队的表现。对于队员们的演讲能力、表演技巧、材料准备等给予了肯定，并在最后希望同学们能永葆家国情怀和人文关怀，积极投身社会实践，磨炼自己，奉献力量，积累经验……

展示环节渐进尾声，颁奖典礼的音乐在场中响起，由何天宝、陈熙熙两位嘉宾老师登台为十支优秀的社会实践队伍颁发荣誉证书，场下欢呼声、掌声雷动，大家纷纷拿起相机，定格下这难忘的画面。

在杭州高级中学pinkytown舞社活力四射的压轴舞蹈表演中，此次活动正式落下帷幕。

相信这是在场每一位同学经久难忘的一次经历，因为它让我们近距离地感受社会实践的温暖多彩，也让我们更加明白，在前进的道路上要"心中有阳光，脚下有力量"，步履实地，提灯前行，心怀远方。

短篇小说

换个时空相爱

活在这世上，我们经历着许多错过、离别和相遇。如果三生有幸，我能跨越时空和你重逢，就让时光且住，不言离别；就让我们换个时空，相爱吧。

壹　2260，倒回2243

加州理工学院物理学家Sean Carroll以及麻省理工学院宇宙学家Alan Guth曾模拟过一个实验，发现时间箭头可以自然地来自一个完美对称的方程式系统，显示出时间的两个方向都是可行的。

人的嘴唇所能发出的最甜美的字眼，就是母亲，最美好的呼唤，就是"妈妈"。

——纪伯伦

如果有一天，追悔莫及的我还有机会，我一定义无反顾地弃下在这方土地深深迷恋的一切，选择那条没有归途的路。它让我在另一个时空和你重逢。

我叫夏竹风，这是她给我起的名字，听外婆说这在我出生前就早已定下了，像竹一样清冷脱俗，像风一样不羁自由，不管男孩还是女孩，都叫这个名字。

确实，这十几年我就像她所期望的那样活着——孤僻，乖张，暴戾，无所拘束，不知悔改。十几年，强硬执拗地与世为敌，只有外婆，能让我勉强展现自己柔软的一面。

这其中最大的原因也许就是父亲，从我有记忆开始，他就没出现在我的世界里，天涯海角，无可觅处。家里唯一一个和他有关的东西，就是他留下的一个奇怪仪器。小时候外婆告诉我这东西是爸爸的发明，大概可以把人们送回过去，那我爸爸应该是一个很厉害的科学家吧。所以我最大的愿望，就是在我真正独立的那天，踏上北上的火车，找遍每个城市，每个乡村，每个大街小巷、田野阡陌，直到他站在我面前。那时，我也会像别的孩子一样，拥有一个爱我的父亲，一个完整的家庭。这是我十几年的梦，为此我会不顾一切。

这个愿望被幼时的我郑重其事地写在日记本上，当我迫不及待、跌跌撞撞地把日记拿给她看时，她却流泪了，而那本日记本，被她狠狠撕毁。在那次我用尽毕生力气喊出"我恨你"之后，我和她便再无对话。于是我就变成了后来的样子，为了和月亮一样多的目的闯了和星星一般多的祸，我沉默寡言，孤身一人，唯我主义，看着每次犯错之后，她在老师面前低声下气的请求，最初的一丝内疚，不知怎的变成了后来的不以为意。

随着年龄的增长，那个愿望愈加强烈，于是我提前两年参加了高考，但最终的录取通知书却来自邻城，希望落空。扔下通知书，冲进房间摔上门，不理会外婆的呼喊。没想到她竟清早赶去了车站，帮我买了下午第一班北上的列车票。车票、路费静静地放在茶几一角，"去吧。"她说，"考上大学，出去走走也好。"

当我坐上那辆北上的火车，望着车窗外送行的外婆和她，外婆拼命挥着手，似乎喊着什么，她却默默无言，只是哭了，不知缘由。

直到那日黄昏，我依旧没有丝毫进展地回到旅馆，筋疲力尽。手机铃声急促地响起，一看是她的号码，响了几遍后还是犹豫着接下，另一边响起的声音，却是外婆。

她病了，一病不起，生命垂危，各种陈年旧疾突然复发，空前严重。刻意隐瞒的她，毫不知情的我，被命运阴差阳错隔离开来的我们。监护室的玻璃隔开两个世界，她躺在病床上，平静苍白；我站在外边，心情复杂，伤心、压抑、愧疚、懊悔，更多的，是绝望。十几年的岁月里，习惯了没有父亲的身影；但突然没了她的柴米油盐的生活，没有她每个晚上悄悄放在房间门口的热牛奶，没有了明知我不会回复却时不时出现的便签条，我只有无措，只有绝望。

那天晚上我的梦里不再是火车，不再是北方，不再是父亲。我好像是回到了小时候，外婆和她和我，一起坐在饭桌前吃早饭，她亲手磨的豆浆冒着腾腾热气，迷雾一般，让我觉得无比熟悉，又无比陌生。我好像看到，那时因为笨手笨脚把口香糖黏在了头发上，在理发店里剪头发，十分不情愿地跟她讨价还价："剪少一点好不好，再剪我就变成男的啦！"她捏捏我的脸，跟我石头剪刀布，谁赢了就听谁的。莫名增加了好几局的比赛，却仍然每次都是她赢了。我好像记得，那天回家的路上，看着我一脸的沮丧，她突然从口袋里变出一个蓝色发卡，是我最喜欢的颜色，最喜欢的形状……每一幕场景，都有我，都有她。如此美好，如今却仅剩绝望。

我知道她其实一直爱我，而我却理所当然，任性地活着；我没有好好接受她对我的爱，我也没有尽我的全力去爱这个最爱我的人。

"我很后悔。我想回去。"

我想回到过去，我的眼前不是垂危虚弱的她，而是那个脸上永远明媚阳光的她，即使她有难言之隐，会情绪失控，偶尔会朝我发火，哦不，就是经常生气地指责我也没关系，我只想健康的她，健康的我们祖孙仨，平淡快乐地生活在一起。我，外婆和她，我的全世界就足矣。

现在是公元2260年，上午八点三十分。我想用爸爸的发明回到过去，但我也知道，只要回到过去，就没有归路，一切都重新开始，并且也不知道，会回到过去的什么时刻。

内心还是有些犹豫和挣扎，透过窗玻璃，我呆呆地望着她出神。这时，身后传来外婆慈爱的轻唤。"孩子，不要太多顾虑，不要让自己后悔。去吧，我们等你。"

于是我踏上了回到过去的路途。我大概是回到了2243

年的一个傍晚，她推着婴儿车在公园里散步。那时我才一岁半啊，看着停在电线杆休息的麻雀开心地咧开了嘴。

当然，我要回到我的婴儿时期了，之后的记忆，也会被"我"忘记吧。

但只要遇到她就行了，在这个时空。

"妈妈，让我们换个时空，相爱吧。"

贰 2200至2200

人世间，难以找到完美镶嵌的时刻与弧度，让自身完美贴合，总是磕磕碰碰直至精疲力竭与棱角尽失，才终于找到一个可以蜷缩的角落。

——消失宾妮《四重音》

埃弗雷特曾提出多世界解释：人们的世界是叠加的，当电子穿过双缝后，处于叠加态的不仅仅是电子，还包括整个的世界。也就是说，当电子经过双缝后，出现了两个叠加在一起的世界，在其中的一个世界里电子穿过了左边的狭缝，而在另一个世界里，电子则通过了右边的狭缝。这两个世界将完全相互独立平行地演变下去，就像两个平行的世界一样。即量子过程造成了"两个世界"。

它大概是一条流浪狗，趁我家大门打开的时候跑了进来，再也不肯出去。屋外正好有一个爷爷随手搭起的简陋木棚，它就在那里住下了。

现在是公元2200年，我所处的位置，是这个时代已经十分罕见的城郊接合部。爷爷和他的老朋友们做了一辈子的科学研究，却选择了在这个偏僻的地方安度晚年。我也是到了这里才明白其中的缘由。现在哪里还能见到这般小院竹篱，春水秋月，旧宅深巷。世间万物，无须修饰，唯清素简洁，方不失韵味。

随手捡几样烧制不成功的青瓷碗，放在木棚旁，便当作了它的食盆。它很乖巧，不挑食，也不吵嚷。只是常常四处游走，害我寻找数次，却从未找到过；但见它每天傍晚都安然无恙地回家，也就渐渐由它去了。

几个月过去，偶然才注意到它脖颈的铃铛上刻着两个字——青荷。青荷盖绿水，芙蓉披红鲜。不禁感叹，一只流浪狗竟也可以有这么诗意的名字。我看着半坐在一旁，吐着舌头哈哈喘气，呆呆地看着我修坯、施釉的它，十分坚定地摇摇头："这一定不是它的名字。"

就在我对它的怪诞行为置之不理的时候，爷爷却看出其中端倪。他询问了他的朋友，一致认为它并不是我们这个时空的狗。也就是说，我所认为的它四处游荡，其实是它回到了它原本存在的时空。那么也许，它并不是流浪狗，也许它主人的名字才叫青荷，而且它的主人拥有把它送到这里的能力。

这多少让我觉得有些不能接受，我决定跟着它走。爷爷可以帮我跨越时间，到达另一个时空。再三恳求下，爷爷勉强同意了，虽然他有十足的把握，但他还是不太放心我。

　　清晨它出门，我一路尾随。果然不出爷爷所料，它迅速消失在了路的尽头，我赶紧跟上了它的步伐，来到了另一个时空。出乎意料的是，它竟来到了公墓群，小跑到一个墓碑前，还没有枯萎的白玫瑰，没有丝毫尘土的墓碑，看来这个墓碑的主人去世没多久。我不由跟上前，摆正了那束花朵，默默地看着黑白照片里的人，明眸皓齿，笑靥如花。想必，这个女孩，就叫青荷。一阵微风吹过，放在花束里的一张信笺飘落下来，我拾起后阅读："这位读信的人，你好！遇见你是我和布丁的缘分。我知道这时候，我应该已经去往另一个世界，所以我想把布丁托付给你。你一定来自另一个时空，我想请你把布丁也带到你的时空去，因为我放心不下它孤身生活在这个纷乱的时空里。我知道，这会给你带来许多麻烦，而且布丁舍不得我，因为我给了它穿梭时空的能力，它一定常常会回来看我，也恳请你给它一些时间，一个月之后，这里就要翻新了，它如果找不到我，一定会回来……青荷留。"

　　……　……

　　我并不记得后来发生了什么，只记得布丁把我带了回来，然后又默默离开了。回到家我昏睡了两天两夜，以至于我醒来时已分不清哪些是现实，哪些是梦境。但它的面孔，始终在脑海中挥之不去。

　　我不知道它会不会回来，我希望它能回来。无形之中，它似乎已经成了我生命中不可分割的一部分。

　　转眼，没有它的日子，魂不守舍的日子，已经过了一个月。照例坐在门前摆弄着青瓷，不时抬抬头寻找它的身影。似乎看到了一个白色的不明物体躲在木棚之后，快步前去，它真的回来了。似乎长大了一些。

它亲昵地围着我绕圈，摇动着它的短尾巴，发出呜呜的声音，似乎对我说："我不会离开了，就让我们在这个时空，继续相爱吧……"

叁 2500至2550

爱是什么？
爱是茫茫人海中不期然的相遇，
是万家灯火里那一扇开启的幽窗，
是茂密森林里的那一树菩提。
修行的路，
不是挥舞剑花那般行云流水，
而是像一首平仄的绝句，
意境优美，起落有致。

如果命运注定，我们不能在这个纷乱的时代里不离不弃；倘若命运使然，一念之间我突然来到了另一个维度，我看到了另一个和平的世界里，古稀之年的我们依然执子之手，把平淡当作幸福，白头偕老，正如我们在战火中一同许下的愿望……

公元2500年，世界的变化日新月异，地球在无形之中分成了几个部分，各国联盟，互不相让。

前线消息称，A国将在三天之内对F国发起战争。

"所以？……"一向无所畏惧的我却心生无限恐惧。

"这一天还是来了……"教授无奈中，竟然也有一丝绝望，"迁城是根本不可能的事了。随时待命启动最终计划。做最坏的打算。"

最坏的打算就是，同归于尽。

这里是M国，国家第一秘密实验室。从一年前大学毕业后，我就跟着教授来到了这里，从来没有走出实验室一步。从走进这个实验室那一刻起，我就没有了名字，只有代号，随时更替。也是从那一刻起，一切生死都成了未知数。当然这是我自己的选择，只是为了儿时一个无比普通却坚持了十八年的梦想——成为一个英雄。而进入这个地方的人，都是英雄。

是人性的贪婪和自私，促成了这场战争。谁都不想自己的国家被吞并，被毁灭；不想这几千年的文化被窃取，被占有。因此同盟产生了，以使自己的国家更有希望得以幸存，但同盟之间有一个约定，只要一国有难，同盟国必须不惜一切代价前往支援。因此这个时代，谁也无法预料，战争什么时候会波及自己的国家。

一直以来，我们都没有参与到任何的争夺中去，我们也目睹了那些战败的国家失去一切的苦痛，我们多希望一切能够停止。然而这一天还是来了，F国有难，身为首要同盟国，我们必须不顾生死，全力相救。

但身为最终计划的研究者之一，我比谁都清楚它的威力，它的危害。不同的体质，对于这种药物的抵抗和适应能力完全不同，敏感体质，就会顷刻毙命。因此它能打赢这一场战争，也能葬送很多无辜的生命。

他的出现是在教授下达命令那天下午，我认得他，我们比任何人都要熟悉。我们一起长大，小时候我们常常一起猜字谜，谁猜对一个，就得一颗水果糖，每次都是他赢得多，但他总会把他口袋里的糖送给我大半。后来他和我一起进入了这个实验室，但他以不想伤害无辜生命为由，婉拒了教授的邀请，从那以后我再也没有见过他。他说他已经大略制作出最终计划的"解药"，如果成功，便可挽救几千万人的生命。也只能背水一战了。

教授留在本国待命，于是我们坐上直升机，急速前往F国首都。高空中，远远望见另一边，A国的军队，已在通往F国的道路上浩荡前行，步步逼近。

"事不宜迟。先把首都的人们集合到城市东边。"说完他关掉对讲机转头看向我，眉眼中带着笑，"准备好了吗，英雄？"

一下没有反应过来，我木然地点点头。

"药品生效时，A国军队正好攻入首都，城东已设置了防御系统，他们暂时无法进入。我也通知F国军队在人们聚集的地方放置好这个解除剂了。等会儿就开始投放药物了，我们的任务，就是下去把剩下的东西放在各个街道上。"

他拿出一袋试剂瓶，里面的蓝色晶体闪闪发亮。

"也就是说……"

"也就是说我们会死。"

……

坐上吉普车，在空无一人的大街小巷急速行驶。

"你知道吗？这是我第一次飙车，感觉真不错。"似乎已经没有了最初的恐惧，我大声地喊着。

"你怕吗？"没有回应我的话，他兀自问道。

"还好吧，毕竟我的愿望可以实现了，而且还可以享受一次国际自驾游……"

"从小就胆小，还想做英雄……"

"我怎么感觉你在嘲笑我呢？！你……"

"吃糖吗？"午后的阳光洒在街道上，透过车窗照亮车里的一切，他手捧那个透明的糖果罐，阳光的反射让糖纸五彩缤纷，无比绚烂，"苹果味都给你。"

一切如初。

"说点你的愿望吧，"城外的 A 国军队已准备攻入，放下望远镜，靠向车门，我转头对他说，"时候不早了。"

"我的愿望，就是在另一个没有战争的时空和你在一起。"

意识已经开始模糊，药物开始生效。

不由从口袋里拿出教授送我的腕表，我记得他说过，这腕表可以送我到另一个时空，未来的另一个时空，我可以在离去前看一眼假使我还活在这世上，我的未来是怎样的。

"我也是。"

"你说什么？"

"我说，我的愿望和你一样……"

记得我曾经在古书里看到过这样一句话，自此之后，从未忘怀："今世，我出生于江南，不求闻达，做个素淡如梅的女子。来生，我带着一缕梅香，一段前缘，再与你重逢。"

刚准备松开的手突然紧握，在失去意识的前一刻，我将它戴在自己的手上，按下按钮。我还是想看看，我们的愿望会不会实现。瞬间，强光冲击，睁不开眼。一念之间我突然来到了另一个维度，我看到了另一个和平的世界里，古稀之年的我们依然执子之手，把平淡当作幸福，白头偕老，正如我们在战火中一同许下的愿望。

正如我们希望的爱情，不是挥舞剑花那般行云流水，而是像一首平仄的绝句，意境优美，起落有致。

看着在另一时空相爱的我们，我笑着与世界告别，不留遗憾。